오늘이
마지막입니다

일상이 선물이 되는 순간

오늘이
마지막입니다

김종현 지음

harmonybook

안녕하세요, 저자 김종현입니다.

반복되는 일상을 하찮게 여기며, 로또 1등 당첨과 같은 엄청난 변화만이 인생을 바꿀 수 있다고 믿고 살아왔습니다. 그런 제가 당연한 것을 더 이상 당연하게 생각하지 않고 이 순간이 곧 삶이라는 것을 깨닫기까지는 꽤 오랜 시간이 걸렸습니다.

이 책의 이야기는 삶이나 죽음과 같은 거대한 담론에 대한 이야기가 아닙니다. 그저 사소한 일상을 통해서 삶의 가치와 의미를 부여하고 그것을 통해 한 걸음씩 앞으로 나아가는 기록에 관한 것입니다. 세상이 정해놓은 방식을 따르지 않고, 조금은 보편적이지 않은 방식으로 인생을 경험하면서 겪는 에피소드입니다.

살면서 마주치는 고민과 걱정 속에서 방향을 잃고 흔들릴 때, 제가 건네드리는 이 이야기가 따뜻한 위로와 공감이 되어 다가갈 수 있기를 바랍니다.

2장

행복을 찾아서

3장
일상의 철학

4장

사유의 깊이

5장

사람, 또 사람

1장

평범한 하루

1. 바람 한 점 감사한 날

즐겨보는 TV 프로그램이 있다.

어려운 환경에 처해 있는 사람들의 생활을 리얼리티로 보여주고 후원을 끌어내는 프로그램이다.

이 프로그램이 왜 좋은지를 생각해봤다.

사회에 좋은 역할을 하는 프로그램이라서….

좀 더 깊이 생각해보았더니 나보다 어려운 처지에 있는 사람들의 삶을 통해서 나의 삶이 위안받을 수 있어서…. 이것이 진짜 이유였다.

나보다 좋은 환경의 삶은 동경하고 부러워하며, 그렇지 않은 삶에서는 위안받고….

비겁하다는 생각과 감사하다는 생각이 동시에 든다.

한때 삶의 고민 중 하나는 아래를 보고 살 것인가? 위를 보고 살 것인가에 대한 것이었다.

위를 보고 살면 동기부여와 추동력을 얻을 수 있을 것 같았고 아래를 보고 살면 감사와 만족을 얻을 수 있을 것 같았다. 전자는 자괴감과 질투심, 후자는 정체와 적당주의라는 부작용도 따른다.

사실 아직도 이 질문에 대한 답은 찾지 못했다.

1을 가진 사람이 10을 가진 사람을 부러워하다가 정작 본인이 10을 가지게 되면 행복해지는 것이 아니라 주변에 50을 가진 사람이 나타난다고 했다. 그러다가 열심히 노력해서 50을 가지게 되면 100을 가진 사람이 나타나고 그다음은 상상도 못 했던 500을 가진 사람이 나타난다는 이야기가 있다.

만족하지 못하는 인간의 본성에 대한 이야기라고 생각한다.

주어진 삶에 불평하지 않으면서 최선을 다해 후회 없이 살아가는 것. 이것이야말로 삶을 대하는 프로의 자세가 아닐까?

별일 없이 평범하게 사는 것이 제일 어렵다고 하는 요즘이다. 과연 나는 만족하는 삶을 살고 있는지 자신에게 물어본다.

우리가 즐겨 먹기도 하는 동물인 돼지는 목의 구조상 평생 하늘을 보지 못하고 살아간다고 한다.

헌데 이 돼지가 하늘을 볼 수 있을 때가 있는데 그때는 바로 넘어졌을 때라고 한다.

오랜만에 하늘을 보려고 창문을 열었더니 시원한 바람이 다가와서 코끝을 스친다.

삶에 대한 걱정과 고민이 무럭무럭 자라나는 날이기도 하지만, 얼굴을 감싸는 바람 한 점 감사한 날이다.

2. 하루 세 끼

다이어트가 시대의 화두가 된 지는 꽤 오래되었다.

연예인 다이어트부터 각종 식단, 보조식품, 1일 1식이라는 단어까지 등장했으니 말이다.

세상과 마주한 뒤로 지금까지 아침을 먹은 적이 거의 없다.

아침 겸 점심으로 한 끼, 저녁에 한 끼 총 2번의 식사와 식사 사이에 간식을 먹는다. 아침을 안 먹는 이유로는 자고 일어나면 식욕이 없다. 여기에 더해서 아침을 먹게 되면 배가 아파온다. 이런저런 이유로 아침을 먹지 않는데 건강을 위해서는 아침을 먹는 것이 좋다고 한다. 오죽하면 '아침은 황제처럼, 점심은 왕자처럼, 저녁은 거지처럼 먹어라.'라는 말이 있을 정도다. 아침 식사의 효과와 효능은 녹색 창만 띄워봐도 쉽게 찾을 수 있다.

20대 시절 호주에 체류했던 때의 일이다. 돈이 없어서 매일 라면으로 끼니를 연명하던 시절이 있었다. 식사만 제대로 해결할 수 있다면 아무런 바람이 없었다. 그것이 단 하나의 유일한 소원이었다.

그 시절 이후 한국에 돌아온 뒤에는 소원 리스트에서 끼니에 관한 것은 그 어디에서도 찾아 볼 수가 없었다. 스스로 생각해봐도 간사하기 짝이 없다. 마치 몸이 아플 때 건강하기만하면 바랄 것이 없다고 생각하다가도 막상 건강해지면 언제 그랬냐? 하듯이 바라는 것이 많아지는 현상과 같다.

과거에는 하루 두 끼 식사가 일반적이었다고 한다.

고려시대와 조선시대에 적힌 문서들에 보면 1일 2식이 관례였다는 것을 유추해볼 수 있다.

식사를 뜻하는 단어는 아침과 저녁을 가리키는 조석(朝夕)

만 있었다. 그러던 것이 근대화·산업화 시기에 출퇴근 문화가 시작되면서 기업은 노동의 효율성을 높이기 위해 아침과 저녁 사이에 통일된 식사 시간을 만들었고 이것이 점심의 시작이다.

최근 하루 세끼가 내 몸을 망친다는 제목의 일본 의사가 지은 책을 봤다. 책에서는 인류의 300만 년 역사 중 299만 9900년 이상을 굶주림 속에서 살았기 때문에 인류의 DNA는 굶주림에 더 익숙해 있다고 했다. 오히려 과잉영양 섭취가 현대인의 질병을 유발하는 주원인이고 단식을 통해 공복을 유지할 때 몸의 모든 기능이 좋아진다고 주장했다. 책의 저자는 59세의 나이에도 노화 없이 하루 한 끼만 먹고 100미터를 12초에 돌파하는 등의 20대의 운동 능력을 가지고 있다고 한다. 출간된 지 10년이 넘은 책인데 지금은 어떠할지가 더욱 궁금했다.

이렇게 단식이 되레 몸에 좋다고 이야기하고 있자니 불편한 진실 하나가 떠오른다.
바로 굶주림으로 인해 고통 받고 있는 기아들의 이야기다.

유엔 보고서에 의하면 세계기아인구는 8억 2,000만 명을 돌파했다고 한다. 전 세계인구가 77억 명 정도이니 10명 중 1명 이상은 굶주림의 고통 속에서 삶을 살아가고 있다는 통계가 나온다. 비록 짧은 기간이었지만 나 또한 굶주림의 삶을 경험해봤기에 그 고통이 얼마나 끔찍한 것인지는 누구보다도 잘 안다.

  오늘 내가 아무 생각 없이 먹는 한 끼의 식사가 누군가에게는 그토록 간절히 바라고도 바라는 한 끼의 식사가 될 수도 있다는 것을 생각하니 젓가락질이 가볍지 않다.

  전쟁 없는 세계까지는 아니더라도 기아 없는 세계가 되기를 빌어본다.

3. 좋거나 혹은 나쁘거나

예전부터 고질병으로 가지고 있던 결정장애.

나이를 먹으면 점차 없어지겠다고 생각했는데 실상은 그 반대다. 많은 선택 앞에서 늘 그래왔듯이 이 병은 제멋대로 불쑥불쑥 튀어나왔고 중대한 결정 앞에서는 그 정도는 중증에 달했다.

곰곰이 생각해보니 결정 장애라는 것의 근본적인 원인은 조금 더 좋은 선택을 내리기 위한 집착이었다.

여러 가지 대안을 비교 분석하다가 선택의 타이밍을 놓치는 경우도 다반사였다. 장고 끝에 악수라는 말이 있다. 오랜 생각 끝에 좋지 못한 행동을 한다는 말인데 내게 딱 들어맞는 말이다.

인간이 결정을 내리는 데 사용 가능한 에너지는 한계가 있다고 한다. 이러한 이유로 한 가지를 결정할 때마다 탱크에 저장된 에너지가 줄어들어 결국 탱크가 텅 비게 되면 '될 대로 돼라'며 결정 자체를 포기해 버린다고 한다.

사실 결과적으로 보면 애시당초 좋은 선택이라는 것은 존재치 않는다. 자신이 내린 선택에 얼마만큼의 노력과 정성을 들이는지에 따라서 결과는 달라지기 때문이다. 그럼에도 우리는 좋은 선택과 나쁜 선택이 있어서 어떻게 하면 선택을 잘할까를 고민한다.

미국의 전 대통령 오바마는 일상생활 속에서 사소한 일에 결정 에너지를 쓰지 않으려 했는데, 중요한 사안을 결정할 때 결정 횟수를 단순화하는 방법을 주로 사용했다.
미국 주간지 〈뉴요커〉가 밝힌 오바마의 선택 방식이다.

의료보험 개혁에 관해서 보좌관이 대통령에게 결정을 촉구할 당시, 오바마 전 대통령은 메모의 마지막 부분에서 다음과 같이 단순한 삼자 택일 형식을 택했다.

찬성

반대

논의

이 단순한 삼자 택일 형식이 복잡한 생각에서 벗어나게 해서 에너지를 줄여주는 것이다. 나와 같이 결정 피로를 느끼고 있다면 복잡한 일상의 수많은 결정 단계를 단순화해보는 것은 어떨까?

세상에 완벽한 결정은 없다.

완벽하게 만들어 나갈 뿐이다.

앞으로 내게 일어날 수많은 선택과 결정 앞에서 양자택일의 방식을 사용할 것을 다짐해본다.

좋거나 혹은 나쁘거나.

4. 하루가 곧 삶이다

연 단위나 분기별 혹은 월간 단위의 계획은 거창하게 세우는 편인데 주 단위나 하루 단위의 계획은 그러하지 못하다.

어제보다 나은 오늘, 오늘보다 나은 내일을 살기를 바라면서 하루를 열정적으로 살지 않는다.

고백하기 부끄럽지만 내 삶의 패턴이다.

하루가 모이면 일주일, 일주일이 모이면 한 달, 한 달이 모이면 일 년. 곰곰이 생각해보니 가장 중요한 것은 바로 오늘 하루의 시간이었다.

이 아무렇지도 않은 듯한 하루들이 모여서 전체적인 삶을 구성하는 것인데 그것을 간과했다. 하루를 대충 살면서 전체의 삶이 나아지기를 원했으니 그것만큼 어리석은 일도 없었다.

매일 A4용지 한 장 분량의 글쓰기, 10페이지 이상 독서 하기, 1시간 이상 운동하기.

최근에 실천하고 있는 목록들이다. 노력하고 있으나 매일 실천하는 것이 쉽지 않다. 독서와 운동은 거의 매일 실천하고 있는 편인데 글쓰기 실천이 부족하다. 매일 써야 한다는 강박 때문인지 글쓰기 실력 탓인지 또는 둘 다일까?

'오늘 내가 헛되이 보낸 하루는 어제 죽은 이가 그토록 갈망하던 내일이다.'라는 진부한 이야기는 차치하더라도 흘러간 시간은 두 번 다시 돌아오지 않는다는 것을 우리 모두는 알고 있다.

후회 없는 삶을 위해서라도 하루를 온전하게 보내야겠다는 다짐을 한다. 온전한 하루는 행복하거나 긍정적인 하루가 되지 않아도 좋다. 부정적이거나 좋지 못한 상황 속에서도 온전하게 하루를 만끽하겠다는 의지의 표명이다. 어둠 속에서도 빛을 찾아서 느끼고 그 속에서 감사, 기쁨, 평온, 희망, 재미 등의 감정을 찾아내겠다는 의미다.

가끔 혼자 있을 때는 공상을 즐긴다.

사물이나 동물 등에 대입하여 생각해보기도 하고 소설에서나 일어날 말도 안 되는 상상을 해보곤 한다. 그러다가 문득 하루살이는 자신의 삶이 하루밖에 되지 않는다는 것을 인지하고 있을까?

그렇다면 과연 하루살이는 어떤 생각으로 하루를 살아갈까? 하는 물음이 들었다. 자신의 삶의 끝이 언제일지를 모르고 살아가는 것과 정확히 언제 끝날지를 알고 살아가는 것은 굉장한 차이가 있을 것 같다는 생각이 든다. 그런 관점에서 하루살이가 삶을 대하는 태도나 자세가 무척이나 궁금해졌다. 반대로 내가 만약 삶의 끝을 알고 있다면 과연 나는 어떻게 살아갈까?

끝을 알고 사는 것이 좋을까? 모른 채 살아가는 것이 좋을까? 생각의 생각이 꼬리를 무는 순간이다.

삶의 끝을 알든지 모르든지 간에 삶이 유한하다는 것에는 틀림이 없다.

어떤 삶이 좋은지에 대해서는 아직 명확하게 알지 못한다. 다만 하루하루가 삶을 만들어 간다는 것과 하루를 온전하게 보내는 것이 삶을 변화시킬 수 있는 최선의 방법이라는 것을 알아냈다.

하루가 곧 삶이기에….

하루살이의 마음으로 오늘 하루를 살아보련다.

5. 2주일에 한 번 꼭 가야 하는 곳

어려서부터 공부하는 것과는 거리가 아주 먼 삶을 살았지만 2주에 한 번씩은 꼭 도서관에 들른다.

빌린 도서를 반납하기 위함이다.

도서관에서 회원 카드를 만들면 무료로 책을 대여할 수 있는데 한 번에 빌릴 수 있는 권수가 5권이다. 대여 기간은 빌린 날로부터 2주일.

즉, 책을 빌려서 반납하고 다시 빌리고 이 행위가 반복되기 때문에 2주일에 한 번은 꼭 도서관에 가게 된다. 한 번 가면 거의 5권을 다 채워서 빌려오는 편인데 빌린 것은 다 읽어야 한다는 이상한 강박감이 있어서 어떻게든 기간 내에 다 읽어낸다.

이 루틴을 1년 정도 지속하다 보니 어느덧 습관으로 자리 잡았다. 아마 내가 가지고 있는 습관 중에 유일한 좋은 습관이 아닐까하고 자문한다. 책을 읽는 습관을 들이려고 노력하기보다는 2주일에 한 번 도서관에 가는 습관을 들이다 보니 책을 읽는 것이 당연시 되었다. 주객이 전도된 상황이지만 어찌 되었든 독서라는 소기의 목적을 이룬 셈이니 밑지는 장사는 아닌 듯하다.

나는 어쩌다가 2주에 한 번 씩 도서관을 가게 되었을까? 정확하게 그 시작점이 어디서부터인지는 기억나지 않는다. 아마 추측으로 미루어 짐작건대 무료로 도서를 빌릴 수 있다는 사실을 알고 난 뒤가 아니었을까? 근원을 알 수 없는 이 습관 덕분에 1년에 100권 이상 독서를 하는 결과를 낳았으니 고마울 따름이다.

작은 것이라도 습관화되면 변화를 일으키고 그 변화가 삶의 결정적 변수로 작용할 수 있다는 것을 생각해본다.

오늘 나는 또 어떤 새로운 습관을 만들어 볼 것인가에 대해 궁리해본다. 그것을 통해서 불러올 변화에 벌써 마음이 설렌다.

6. 안녕하십니까? 고객님

최근 들어 부쩍 광고 전화와 문자가 자주 온다.

어디선가 개인정보가 유출이라도 된 것일까?

대개 바쁨을 핑계 삼아 전화를 끊는 편이다.

오늘도 어김없이 광고 전화가 왔다.

"안녕하십니까? 고객님."

자주 쓰지는 않지만, 보유 중인 카드회사의 마케팅팀이라

고 했다. 평소였다면 바쁘다고 끊었을 테지만 밥을 먹고 있

었던 터라 스피커폰으로 켠 채 전화를 받았다. 상대는 본인

확인을 하자마자 일초의 틈도 없이 속사포 랩으로 보험 가입 멘트 신공을 펼쳤다. 밥을 먹는다고 대답 없이 듣고만 있었지만 10분이 넘는 시간 동안 한마디도 하지 않는 상대에게 쉬지 않고 말을 하는 상황이 당황스러웠다. 십여 분이 넘게 혼자서 말을 하더니 멘트가 끝났는지 마지막으로 내게 가입 여부를 물어왔다. 낯선 상황에 뭐라고 답을 해야 할지 망설이고 있는 찰나 상대는 나중에 다시 전화하겠다며 내 대답도 듣기 전에 전화를 끊었다. 보통의 영업 전화들이 무작위로 전화해서 말할 틈도 없이 자기 말만 늘어놓는 방식은 경험을 통해 알고 있었지만 이렇게 아무 대답도 없는 상황에서 10분이 넘도록 혼자서 말하는 경우는 처음이었다.

모름지기 대화라는 것은 혼잣말이 아닌 상호 간 주고받는 것을 기본으로 한다. 그것이 대면이든 비대면이든 마찬가지다. 요즘 들어 소통의 부재라는 사회면의 기사 내용을 자주 접한다.

모든 소통의 부재는 대화에서부터 시작이 아닐까?

올바른 대화 방법과 상대를 배려하는 이해를 견지한다면 화통한 개인과 사회가 가능하리라 생각한다.

7. 행복의 아이러니

최근 갖고 싶어진 모니터가 생겼다.

43인치의 대형 화면에 각종 프로그램이 탑재된 이름 하여 스마트 모니터였다. 사실 현재 쓰고 있는 모니터도 작은 편이 아니고 작동에 전혀 문제가 없다. 하지만 유독 그 모니터를 갖고 싶은 마음에 혹여나 세일이라도 할까 매일 인터넷을 뒤적거렸다. 구매 후기와 제품 개봉 동영상을 보는 내 얼굴에는 부처님의 미소가 자리하고 있었다.

몇 주가 흘렀을까. 결국 참다못해 지름 신을 영접하고야 말았다. 그토록 원하고 원했던 모니터를 손에 넣었음에도 불구하고 넘쳤던 행복감은 어느새 자취를 감춰버렸다. 심지어 구매하고 박스채로 방치한 뒤 일주일이 지나고 나서야 설치했다.

문득 어렸을 시절이 생각났다.

소풍 가서 김밥을 먹고 수건돌리기와 보물찾기 게임을 하던 순간보다 더 설레고 행복했던 시간은 바로 소풍을 가기 며칠 전 이었다.

군 복무 시절에도 가장 행복했던 순간은 휴가 중일 때 보다는 휴가를 나가기 바로 전날 밤이었다.

이럴 수가….

원하고 갈망하던 것을 이루었을 때보다 그것을 바라고 소망할 때가 더 설레고 행복하다니….

이래서 결과보다 과정을 즐겨야 한다는 말이 있는가 보다.

삶의 행복 설계도를 다시 그려야 할 시간이다.

8. 오늘이 마지막입니다

'오늘이 마지막입니다.'

길거리를 지나다 보면 상점 앞에 현수막으로 걸린 이 문구를 자주 접한다. 곧 폐업을 하니 폐업 전 마지막 세일이라는 것을 알리는 것이다.

헌데 특이한 점은 다음날에 가도 또 그다음 날에도 현수막이 그대로 걸린 채로 상점은 영업하고 있다. 분명 오늘이 마지막이라고 했거늘….

비단 오프라인에서만 벌어지는 일이 아니다.

온라인 몰에서 쇼핑하다 보면 분명 기간 한정 세일이라고 명시되어 있다. 세일 마지막 날까지 고민하다가 결국 결제한다. 그다음 날 사이트에는 날짜만 정정되어 세일 이벤트가 또 진행된다. 나름 실리에 밝다고 자부하는 나지만 이런 이벤트에 넘어가는 걸 보면 꽤나 유효한 마케팅 전략임은 부정할 수 없다.

마지막에 관한 글을 적고 있자니 문득 옛 기억이 떠오른다.
한때 온 마음을 다해 좋아했던 사람이 있었다.
그 사람이 떠나면 인생이 무너질 것 같았고 다시는 사랑을 할 수 없을 것만 같았다. 결국 그 사람과는 함께하지 못했지만 염려했던 일은 일어나지 않았다. 인생은 무너지지 않았고 시간은 제법 걸렸지만 다른 사람과의 만남도 가능했다.

3번에 걸쳐 떨어지고 마지막 도전이라고 생각했던 자격증 시험에 날짜를 착각하여 시험도 치를 수 없었던 경험. 엄청난 절망이었지만 시간이 지나 돌아보니 그것은 끝이 아니라 새로운 시작에 불과했다.

이런저런 경험 끝에 내린 결론은 마지막이라는 단어는 함부로 사용하면 안 된다는 것. 또한 그것에 쉽게 현혹되어서도 안 된다는 것이다.

점심 식사를 마치고 디저트를 사기 위해 늘 가던 편의점에 들렀다. 평소 좋아하는 과자가 1+1 이벤트를 기간 한정으로 하고 있었는데 이벤트 마지막 날이었다. 횡재다 하면서 3개를 집어 왔다.

다음날 편의점에 갈 일이 있어 우연히 과자 판매대를 보았는데 분명 어제 마지막이었던 이벤트는 날짜가 정정되어 다시 진행되고 있었다.
'아뿔싸… 이번이 마지막이기를….'

9. 3차 신경통

　날씨가 추워지는 겨울이 시작할 무렵이면 어김없이 앞니가 시려오면서 잇몸 통증이 찾아온다. 20대 시절 충치로 인해 앞니 한쪽을 절반 이상 깎아내고 가치를 심은 적이 있다. 가치의 빈 공백 때문에 겨울이면 이가 시리다고 생각하고 수년을 지내왔다. 그런데 올해의 통증은 이전의 것들과는 차원이 달랐다. 통증 범위도 앞니를 포함해서 어금니까지 이어졌으며 특히 고통의 강도가 일상생활이 힘들 정도였다. 무엇인가가 잘못되었음을 감지하고 인터넷을 통해 폭풍검색해본 결과 나와 같은 증상의 사람들은 물론이고 이 증상의 병명까지 확인할 수 있었다.

 이름하여 삼차 신경통.
 삼차신경이 손상되어 얼굴에 발생하는 통증성 질환이라
고 정의되어 있었다. 처음에는 통증이 잇몸이나 턱 쪽에 나
타나고 나중에는 광대나 안구에까지 나타난다고 한다. 물론
병원에 가서 정확한 진단을 받은 것은 아니기에 확실히 이
병에 걸린 것인지는 알 수 없다.

 통증이 지속되니 매사에 신경질이 났고 무언가에 집중하
는 것이 힘들었다. 외부 환경의 작은 자극도 크게 작용하여
부정적인 요인으로 작용했다. 상황이 이렇다 보니 통증만
없어질 수 있다면 더 바랄 것이 없다는 생각만 들었다.
 다른 문제들은 아예 비집고 들어올 틈이 없었다. 문제는
더 큰 문제로 잊는다고 했던가.
 몸이 아프지 않을 때 나타났던 그 많던 문제들은 온 데 간
데 없이 사라지고 오로지 내게는 참을 수 없는 통증의 문제
만 존재했다. 기존의 여러 문제가 사라지고 단 하나의 문제
만 남았으니 이것은 축복인가 불행인가.

요즘은 코로나라는 전대미문의 바이러스 때문에 병원에
가기도 꺼려진다.

올해 겨울은 유독 춥다고 했는데….

그저 참을 수 없는 이 통증이 빨리 사라지길 바라면서 진
통제 한 알을 삼키어본다.

10. 산속의 게 다리 춤

오랜만에 집 뒤에 있는 산에 올랐다.

복잡해진 머리와 나태해진 마음을 다잡기 위한 목적이었다.

예전에는 등산하는 것을 좋아하지 않았는데 나이가 들어 감에 따라 바뀌었다. 더 정확히 표현하자면 자연이 좋아지는 것이 맞겠다. 나무에서 나오는 피톤치드 향이 좋고 땅에서 올라오는 풀과 흙의 냄새가 기분을 좋게 만든다. 자주 오르는 이 뒷산은 해발이 아주 낮은 산으로 나와 같은 초보자가 오르기 제격이다. 그럼에도 불구 중턱 부분에 다다르자 호흡이 가빠지며 다리가 풀려 게 다리 춤을 추기 시작했다.

아마 나이 듦에 따른 체력 저하도 있겠지만 운동 부족과 나태해진 정신력 때문이었으리라.

정상까지 가는 것을 포기할까 망설이다 문득 예전의 기억이 떠올랐다.

군 시절 겨울 행군을 하던 때의 일이다.

보통 40킬로 정도의 군장을 메고 행군하게 되는데 평지에서는 그나마 견딜 만한데 산을 넘을 때는 이 무게가 엄청나게 느껴진다. 20대의 한창나이였고 운동도 많이 하던 때라 별걱정 없이 행군에 임했는데 문제는 산을 오를 때 발생했다. 무거운 군장을 메고 빠른 속도로 산을 올랐는데 고산병이 찾아온 것이다. 평소 산을 안 타서였는지 체질 탓인지 알수 없었으나 견디기 힘든 경험이었다.

머리가 어지러웠고 호흡 곤란과 구토 증세가 심해서 발을뗄 수가 없었다. 대열에 낙오되어 뒤처져 있던 나를 선임 하사가 발견하고 응급조치를 해줬다. 구토하고 휴식을 취하니 조금은 나아졌으나 포기하고 싶은 마음이 절실했다. 그 몸으로 행군을 계속한다는 것 자체가 겁이 났기 때문이다.

말로만 들어왔던 고산병이 이렇게도 강렬한 것인지 처음

느꼈다.

포기와 완주의 갈등으로 몸과 마음이 싸우고 있을 때 군장까지 대신 메어준 선임 하사의 독려 덕분에 포기하지 않고 다시 일어나 걸을 수 있었다. 그렇게 한 걸음 한 걸음 앞으로 나아갔고 산 오르막을 벗어나서 내리막길에 들어서자 다행히도 고산병 증세는 사라졌고 군장을 다시 메고 행군을 끝까지 완주할 수 있었다. 그 일이 있었던 뒤 당분간 선임 하사의 놀림에 시달려야 했지만 포기하지 않게 도와준 그가 무척 고마웠다. 그때 만약 완주를 포기했더라면 몸은 편했을지 몰라도 불편한 마음은 계속해서 남아 있었을 것이다.

선임 하사가 필요한 순간이다.

톰 아저씨의 오두막의 저자인 해리엇 비처 스토라는 선임 하사를 소환했다.

그는 이렇게 말했다.

"힘겨운 상황에 부닥치고 모든 게 장애로 느껴질 때, 단 1분조차도 더는 견딜 수 없다고 느껴질 때, 그때야말로 절대 포기하지 마라. 바로 그런 시점과 위치에서 상황은 바뀌기 시작한다."

　가쁜 숨을 몰아쉬며 여전히 춤을 추고 있는 다리를 두 손
으로 번쩍 들어 산 정상 쪽으로 옮겨 놓았다.
　그렇게 산속의 게 다리 춤은 계속되었다.

제2장
행복을 찾아서

1. 무엇이 우리를 행복하게 만드는가

페이스북, 인스타그램, 유튜브 등 최근 대표적인 SNS 플랫폼이다. 예전에 유행했던 싸이월드, 카카오스토리 시절만 하더라도 SNS를 즐겼었는데 최근엔 거의 하지 않는다. 가장 큰 이유로 귀차니즘을 들 수 있겠다. 직접적으로 게시물을 올리거나 하지는 않아도 한 번씩 채널에 접속해 업데이트된 내용들은 살펴본다. 알고 지내는 지인들을 포함해서 연락이 끊긴 예전 인연들까지, 최근의 소식을 알 수 있다.

소식을 아는 데서 끝나면 아무런 문제가 되지 않는데 최종에는 결국 그 사람과의 나와의 비교로 끝을 맞이한다. 예전에 같은 출발선상에 있었던 사람들이나 나보다 조금 뒤처져 있던 사람들이 현재 나보다 앞서 있는 모습을 보면 배가 아프기보다는 우울한 감정이 모락모락 피어오른다.

재미있는 점은 아예 모르는 사람의 큰 성공에는 아무런 감정이 느껴지지 않는다. 헌데 기존에 잘 알던 사람의 작은 성공에는 여러 가지 감정이 느껴진다는 것이다. 부러움의 감정이나 질투도 물론 이겠지만 나의 경우는 자신의 초라함이 우울로 다가온다. 급기야는 이 우울의 감정이 잠식하게 되면 평소 느끼고 지낸 삶의 작은 행복까지 잊히게 된다. 내게 있어 SNS의 최대 병폐는 사생활 노출보다는 바로 이것이다.

어느 심리학책에서 말하기를 비교 대상은 타인이 아니라 바로 자기 자신이라고 했다. 어제와 오늘의 나, 오늘과 내일의 나를 비교하며 그것을 성장의 자양분으로 삼으라고 주문했다. 읽을 당시는 참 맞는 말이구나 하면서 고개를 끄덕였으나 막상 실생활에 접목하려니 잘 안된다.

곰곰이 생각해보니, 식당이나 상점에서 줄을 길게 섰을 때 앞에 줄 서 있는 사람의 수보다 뒤에 줄 서 있는 사람의 수를 보면서 계속 기다릴지 말지를 결정하는 것과 비슷한 심리상태라고 생각한다. 의사결정의 중요한 변수는 앞 사람의 수인데 아무 관계없는 뒷사람의 수를 보고 결정을 내리다니….

정말이지 합리적이지 못한 결정이다. 왜 이런 결정은 하는지는 심리학자가 아니라서 정확히는 모르겠으나 아마도 일종의 보상심리가 아닐까 생각된다.

자신과 비교하지 않고 타인과 자기 삶을 비교하는 것 또한 따지고 보면 합리적이지 못하다. 타인보다 앞서면 행복하고 뒤처지면 불행하다는 것은 자주적이지 못한 삶이라는 것을 반증한다. 사회성이 작용해서 그럴 수도 있겠으나 어찌 되었든 행복의 척도가 잘못되었다는 점만은 명백한 사실이다.

무엇이 나를 우울하게 만드는지는 확실히 알았다.

이제는 무엇이 나를 행복하게 만드는지를 알아가야할 시간이다. 지금은 고인이 된 스티브 잡스는 죽음을 생각하면 껍데기는 모두 사라지고 가장 중요한 것만 남는다고 했다. 어제보다 나은 내가 될 수 있는 삶, 그리고 그 변화의 과정에서 행복을 찾는 여정을 위해 마음속 신발 끈을 다시 매어본다. 브라보 마이 라이프!!

2. 따뜻했던 기억

키보드를 구입했다.

타자기 형식으로 된 키보드인데 왠지 글이 더 잘 써질 것 같은 느낌이 들어서 구입했는데 막상 사용해보니 손목에 무리가 갈 뿐 글쓰기에는 그다지 도움이 되지 않았다.

첫 번째 책을 출간할 때도 책이 출간되고 나면 삶에 많은 변화가 있으리라 생각했다. 그러나 막상 큰 변화는 일어나지 않았다. 물론 아무런 변화가 없었던 것은 아니다.

대형서점의 신간 코너에 책이 진열되어있는 설렘과 인터

넷 포털 사이트에서 검색되는 기쁨은 아직도 생생하다. 아는 지인이 책을 구매한 뒤 사인해달라고 부탁했을 때의 기억 또한 생생하다.

삶의 마디마디에서 특정한 것들을 이루게 되면 달라지는 것들이 많으리라 생각했다. 이를테면 학창 시절에는 빨리 어른이 되고 싶었고, 대학 시절에는 졸업이 그러했고 성인이 된 후에는 취업이 그러했다.

막상 생각했던 것들이 이뤄지게 되면 그것은 끝이 아닌 새로운 시작이었다는 것을 현실은 내게 알려주었다.

3. 불행하지 않다면

누구나 살면서 큰일을 겪는다.

나의 경우도 다르지 않다.

아버지의 사업 실패로 인해 빚쟁이들에게 시달렸던 일,

2년에 걸쳐서 준비한 자격증 시험일을 다른 날로 착각해서 보지 못했던 일,

특별전형으로 대학에 가려고 3년을 준비했으나 내신 성적 조건으로 인해 지원조차 못 했던 일,

워킹홀리데이 비자 신청에 4번이나 떨어진 일 등 이외에도 많은 크고 작은 일들이 있었다.

헌데 재미있는 점은 그 당시에는 하늘이 무너질 것 같은 일이었음에도 불구하고 지금은 애써 떠올리지 않으면 기억조차 잘 나지 않는다.

인간이 망각의 동물이라서 그런 걸까.
아니면 시간이라는 명약의 작용일까.
어떠한 연유이든 결과는 만족스럽다.
저러한 일들이 잊혀 지지 않고 계속 생각이 난다면, 그다지 유쾌하지 않을 것이다. 물론 시간이 흐른 뒤 지난 기억을 떠올려도 그 당시만큼 괴롭거나 고통스럽지는 않지만 말이다.

그때 당시에 그러한 일들이 없었더라면 지금의 내 삶은 어떠한 모습일까에 대해서 생각해본다.
더 좋은지 아닌지에 대해서는 확신할 수 없다.
어떤 면에서는 더 좋았을지도 또 다른 면에서는 그렇지 않을 것이라 생각한다. 한 가지 확실한 것은 아픈 기억도 지나고 나면 추억이라는 이름으로 둔갑시킬 수 있다는 것이다.
물론, 이건 어디까지나 개인의 자유이고 의지이다.

그런데도 현실의 아픔과 고통은 매번 적응되지 않는다.

이 또한 시간이 지나면 하나의 추억이 되리라는 것을 잘 알고 있기에 지금, 이 순간 추억 하나 고이 접어 간직해본다.

4. 타인을 위하는 마음

자주 가는 슈퍼가 있다.

24시간 영업하는 슈퍼인데 일하는 직원이 수시로 바뀐다.

그곳에서 오래 일하시는 아주머니 한 분이 있다. 이분의 포지션은 계산대를 담당하고 있는데 계산보다 더 뛰어난 능력이 있다. 사람의 얼굴과 번호를 잘 기억하는 능력이다.

이곳에서는 핸드폰 끝자리 번호로 포인트를 적립해주는데 이 아주머니는 번호를 불러주지 않아도 사람의 얼굴을 보고 알아서 적립을 해주신다. 처음에는 단순히 기억력이 좋을 것이라고만 생각했는데 능력은 거기서 끝이 아니었다.

계산이 끝나면 항상 미소와 덕담으로 인사를 건넨다. 하루에 상당히 많은 수의 고객이 방문하는 곳임에도 개별의 핸드폰 번호를 외우는 것도 놀랍지만 반복되는 업무에도 미소를 잃지 않고 고객들에게 최선을 다하는 모습은 가히 프로라 할 수 있었다.

이곳은 나뿐만 아니라 가족이 함께 이용하는 곳인데 계산할 때면 좀 전에 어머니가 다녀가셨다던가 어머니 심부름 왔느냐고 물어보기도 한다. 처음에는 오지랖이 넓다고 생각했는데 곰곰이 생각해보니 손님의 가족까지 기억한다는 건 단순히 오지랖만의 문제는 아니었다.

그것은 바로 손님에 대한 관심이었다. 관심이 없으면 손님의 가족이 누구인지 핸드폰 번호가 무엇인지 애써 기억할 필요가 없다.

오늘 아침 집을 나서다 그 아주머니와 우연히 길에서 마주쳤다. 서로를 알아보고 인사를 나누었다.

어김없이 밝은 미소로 내게 '좋은 하루 되세요'라고 인사를 해주셨다.

덕분에 기분 좋게 하루를 시작했고 실제로 좋은 일들이 일어난 하루가 되었다. 이 아주머니는 직업적으로 프로였을 뿐만 아니라 타인을 위하는 마음이 가득한 분이었다. 남에게 관심을 주는 것에도 적지 않은 에너지가 소모된다. 그럼에도 항상 밝은 에너지로 관심을 나누는 아주머니의 모습에서 진정으로 타인을 위하는 마음이 어떤 것인가에 대해 알 수 있었다.

5. 글쓰기와 인생

매일 글을 쓰겠다는 목표를 정했지만, 최근 들어 지키지 못했다. 바쁘지도 않았는데 글이 잘 써지지 않는다는 핑계로 외면했다. 오늘은 그런 자신을 반성하면서 글을 적어 보려 한다.

글이 잘 써지지 않는 이유에 대해 곰곰이 생각해봤다.
여러 가지 이유가 있겠으나 나의 경우는 적을 때 완벽을 추구하려 함이 가장 큰 이유였다.
대충 적고 나서 다시 고쳐 쓰면 되는데 매번 이것을 간과

하고 한 번에 완벽한 문장이나 문법을 적으려 하니 진도가 늦고 잘 안 적어진다.

생각해보니 인생도 별반 다르지 않았다.

완벽한 인생을 살려고 하다 보니 선택이 어렵고 실행도 더디어진다. 대충 선택해서 실행해보고 잘 안되면 다시 고쳐 살면 되는데 뜻대로 잘 안된다.

인생에는 백스페이스가 없어서 그런 걸까?

그럼에도 글쓰기는 계속되어야 하고 인생 또한 살아나가야 한다.

계속되는 연속성, 과할 정도의 신중함, 즐기지 못하는 숙제.

이처럼 글쓰기와 인생은 닮은 점이 많다.

6. 도를 아십니까?

궁금한 것이 있으면 참지 못한다.

덕분에 생긴 습관 하나가 국어사전이나 백과사전을 찾아보는 것이다. 어제 길에서 흔히 말하는 도를 아십니까? 와 마주쳤다. 무시하고 지나쳐 왔지만, 갑자기 종교라는 단어의 사전적 의미가 궁금해졌다. 백과사전에서 찾아보니 이렇게 정의되어 있다.

'종교의 역사는 인류의 역사만큼 오래되었으며, 현대에 이르기까지 모든 문화, 모든 민족에게서 보이는 문화 현상이다.' 내심 조금 더 거창한 정의를 기대했는데 문화 현상이라는 정의를 보고 조금 실망감이 들었다.

종교가 일종의 문화 현상이었다니….

우리 집은 어렸을 때부터 불교를 믿는 집이었다.

지금도 어렴풋이 기억나는 건 어느 섬에 위치한 절에 내 이름을 건 등을 달기도 하였다. 불교에서 기독교로 개종을 하게 된 결정적인 계기는 초등학교 시절 온 가족이 함께 탄 택시에서 일어난 교통사고였다. 비가 많이 오던 날 반대쪽에서 달리던 차가 중앙선을 침범해 가족이 타고 있던 택시를 정면으로 박은 사고였다.

그 사고로 인해 가족 전원은 병원에 입원하게 되었고 아버지의 경우 다리에 철심을 박는 큰 수술을 두 차례나 감행했다. 입원해 있던 병원 지하에는 작은 교회 예배당이 있었는데 그곳에 있는 여자 전도사 한 분이 병원 전체를 돌며 전도 활동을 했다. 그분의 전도 활동 과정에서 우리 가족과 만나게 된 것이 개종의 시발점이었다.

그 뒤로 지금까지 기독교인으로 살아온 나는 매주 일요일이면 가족과 함께 교회에 가서 예배를 드린다.

지난 과거를 뒤돌아봤을 때 내게 있어 종교란 문화현상이라는 것으로만 정의되기는 어려운 점이 있다.

　백과사전에 백 번 양보해서 종교가 문화현상이라고 한다면 앞으로도 난 그런 문화를 향유할 수 있는 문화인으로 남을 수 있기를 바란다.

7. 호기심 천국이라 불리어진 남자

'호기심 천국'

가족들이 내게 붙여준 별명이다.

어려서부터 과할 정도로 많았던 나의 호기심은 이것저것 가리지 않고 시도하게 해주는 추동력이었다. 한편으로는 하지 않아도 될 일들을 하게 되어 육체적, 정신적 고통을 받기도 한다. 성인이 된 지금에도 이런 성향은 여전해서 여기저기 이곳저곳 기웃거리기를 멈추지 않고 있다.

호기심의 사전적 정의는 새롭고 신기한 것을 좋아하거나

모르는 것을 알고 싶어 하는 마음이라고 되어있다. 한국인은 세계에서 가장 호기심이 강한 민족이라고 한다. 개화기에 한국을 방문한 서양인들의 기록에도 빠지지 않고 등장하는 것이 바로 호기심이다. 1980년경 한국을 방문한 선교사는 "조선 사람들이 가지고 있는 독특한 특징은 호기심이다."고 했다.

이런 민족적 특징이 내게도 흘러 내려온 것일까?

청년 시절 이런 나의 호기심은 직업적인 부분에서 나타났다. 다양한 일을 경험하고 싶은 나머지 여기저기 회사를 옮겨 다니며 일했다. 좋은 말로는 '구직왕'이라는 별명까지 얻었지만 한 회사에서 오래 일하지 못한다는 사회적 분위기에 끈기가 없는 사람으로 비춰지기도 했다. 그러나 나의 마이웨이 정신은 그런 사회적 시선에 연연해하지 않았고 이러한 경험은 결국 20대 말에 이르러 창업이라는 결과를 가져오게 되었다.

지금에 와서 돌아보면 어쩌면 창업을 비롯한 다양한 경험도 그 시작은 호기심의 발로였을지 모르겠다.

재미있는 드라마나 영화의 다음 장면이 궁금하듯이 사람을 알고 싶었고 일이 궁금했으며, 사회의 또 다른 세계가 궁금했다.

중년에 들어선 지금도 궁금하고 알고 싶은 것들로 가득하다. 늘 그래왔듯 부족한 것은 경험과 공부로 채워나가고 있다. 말도 많고 탈도 많은 이런 나의 호기심은 언제쯤 끝이 날까? 아니 어쩌면 삶이 지속되는 한 영원할지도 모를 일이다. 그럼에도 난 이런 호기심을 떠나보내고 싶지 않다.

호기심은 나를 움직이게 하는 연료이자 새로운 것에 도전케 하는 시작점이다.

8. 체인징 포인트

  꽝장한 열의를 가지고 시작한 일도, 대단한 관심과 흥미로 시작한 취미도 어느 단계나 순간에 이르면 슬럼프에 빠지게 된다. 이럴 때 필요한 것들로는 동기부여, 휴식과 충전, 사고의 전환, 새로운 접근, 다양한 것들이 있겠지만 오늘은 특별히 변화에 관해 이야기하고 싶다.

  흔히들 변화라고 하면 우리는 무언가 거창하고 큰 것을 먼저 떠올리게 된다.
  하지만 크고 대단한 것만이 변화의 모든 것은 아니다.

사물의 변화, 마음의 변화, 위치의 변화, 모습의 변화, 환경의 변화, 시간의 변화 등 사소하고 작은 것들로 이루어진 변화도 주변에는 무수하다.

최근 들어 유독 글을 쓰는 일이 힘들었다.

의욕이 떨어진 것도 아니었고 컨디션 난조도 아니었는데 원인을 알 수 없었다. 며칠 동안 글을 쓰지 않으면서 휴식도 취해보고 독서를 통해 재충전도 하면서 노력해보았으나 상황이 달라지지는 않았다. 상황에 맞는 합당한 이유와 원인을 찾지 못하게 되자 더욱 심란해졌다.

그렇게 시간이 흐르던 어느 날이었다.

그날도 억지로 컴퓨터를 켜고 글을 쓰기 위해 모니터 앞에 앉았다. 늘 보던 화면이었는데 그날따라 왠지 모르게 화면의 글자가 작게 느껴졌다. 설정을 통해 글자 크기를 두 배 가까이 크게 늘렸다.

그러자 놀라운 일이 벌어졌다.

그렇게도 힘들었던 글들이 막힘없이 써지는 것이 아닌가?

그간의 갖은 노력이 딱 그 순간에 빛을 발하게 된 건지 아니면 글자 크기의 변화로 인한 작용인지는 정확히 알 수 없다. 하지만 결과만 놓고 봤을 때는 글자 크기라는 작은 변화로 인해 막혔던 것이 가능케 된 셈이었다. 큰 변화만이 모든 상황을 바꿀 수 있다고 생각하고 살아왔는데….

글을 다 적고 나서도 한동안 큰 글자로 가득 채운 모니터 화면에서 눈을 뗄 수 없었다.

9. 태도가 전부다

'future is an attitude'

미래는 태도다

어느 자동차 광고의 카피이다.

물이 반 정도 들어 있는 컵을 어떻게 바라보느냐 등의 태도에 관한 이야기는 책이나 강의에서 귀가 따갑도록 들어왔다. 그런데 이 자동차 광고의 카피는 신선했다.

예전의 누가 미래는 예측하는 것이 아니라 만들어가는 것이라고 했는데 그 말과 맥을 같이한다.

정리하자면 태도에 따라서 얼마든지 원하는 미래를 만들 수 있다고 풀이된다. 어제가 모여 오늘이 되고 오늘이 모여 내일이 되듯이 자세히 들여다보면 지극히 당연한데도 불구하고 알아차리지 못하고 살아왔다.

그렇다면 평소 나는 어떤 태도를 견지하며 살아왔을까??
냉정히 들여다보니 어설픈 이상주의와 넘치는 낙관주의의 중간 어디쯤인 듯하다. 과연 내 미래는 내가 만들면서 살아온 건지 아니면 주어진 대로 받아들이면서 산 건지 명확한 답을 내리기가 어려운 순간이다. 현재가 만족스러운지 또는 그렇지 않은지가 이 답의 척도로 귀결된다고 생각한다.

재미있는 점은 현재의 만족 여부도 태도의 관점으로 측량된다는 점이다.
모든 것이 태도로 시작되어 태도로 끝나고 있었다.
상황이 이쯤 되니 나만의 인생 카피가 하나 만들어진다.

'Attitudes are everything'
태도가 전부다

10. 행운과 행복

"주어진 조건에 감사하면서 늘 기쁜 마음으로 살다 보면 좋은 일이 일어날 거다. 우리도 그랬으니까."

1억 5천 390만 달러.

한화로 치면 약 1천 850억 원의 슈퍼 복권에 당첨된 미국 부부의 인터뷰 소감이다.

'파워볼'이라고 불리는 이 복권의 당첨 확률은 2억 9천 200만분의 1이다.

어느 정도인지 가늠하기조차 어려운 확률이다.

이 정도면 행운이라는 단어도 무색하게 느껴진다.

기사를 보며 마냥 부러워하다가 부부의 말을 곱씹어본다.

주어진 조건에 감사하며 늘 기쁜 마음으로 살아가는 것.

그것은 행복이었다.

행운이 찾아와서 행복한 것이 아니라 행복했기에 행운이 찾아온 것이었다. 그렇다면 결국 행운도 내가 만들어 낼 수 있다는 논리가 성립된다.

매사에 행복을 누릴 것.

그런 뒤 찾아오는 행운을 잡을 것.

어쩌면 행복을 누린다는 건 행운을 얻는 것 이상일지도 모른다. 희망하되 욕망 없이, 삶의 호흡을 가다듬어 본다.

제3장
일상의 철학

1. 축구공

신발장을 정리하다 바람 빠진 축구공을 발견했다.

언제 샀는지 기억조차 나지 않았지만, 물끄러미 축구공을 바라보고 있자니 옛 기억이 떠올랐다.

초등학교 시절 축구에 흠뻑 빠져 지내던 중 축구부 코치에 스카우트 되었던 일을 비롯한 축구 경기를 하다 넘어져서 팔목 깁스를 했던 일들이 주마등처럼 스쳐 지나갔다.

축구공과 나는 많은 추억과 에피소드로 이어져 있었다.

축구공은 축구라는 운동을 하기 위해서 만들어졌다.

그로 인해 많은 사람에게 발로 차이는 것이 축구공의 숙명이다. 인간적인 관점에서 보자면 매우 가련한 운명이라 할 수 있겠다. 하지만 축구공의 탄생 목적만은 분명하다.

곰곰이 생각해보니 축구공뿐만 아니라 세상의 모든 사물은 목적을 가지고 만들어졌다. 헌데 우리 인간은 목적을 가지고 만들어진 것이 아니었다. 더 나아가 주어진 목적도 없다. 이것을 가리켜 프랑스의 작가이자 사상가인 장 폴 샤르트르는 실존이 본질에 우선한다고 말했다.

실존주의를 가장 잘 설명하는 명제이기도 한 이 말은 목적을 타고나는 것들과 다르게 인간은 미리 주어진 목적이 없기에 스스로 본질을 구성해가는 실존만이 있다는 의미다.

이런 의미에서 본다면 우리가 사는 내내 삶의 목적을 찾고, 그것을 위해 노력하며 불안해하고 절망하는 것은 당연한 것이다. 목적보다 앞서서 세상에 나왔기 때문에 삶이라는 과정을 통해 스스로 목적을 만들고 그것을 이루기 위해 살아가는 것이다.

내 삶의 목적은 무엇이었던가?

우연히 발견한 축구공 덕분에 오늘 나는 잊고 지냈던 삶의
목적을 가슴속 깊이 상기해본다.

2. 전동 킥보드

전동 킥보드를 구입했다.

중저가 모델의 제품으로 설명서가 부실한 탓인지 초급자라서 그런지 조립 후 작동까지 꽤 애를 먹었다.

막상 타보니 제법 속도감이 느껴졌다.

3단계 모드로 속도가 바뀌었는데 최고 속도가 40킬로에 달했다. 차로 달릴 때와 킥보드로 달릴 때의 40킬로는 엄청난 차이가 있었다. 빠른 속도감을 몸으로 느끼면서 골목 구석구석과 대로를 달리고 회사 출퇴근도 킥보드로 했다.

그로부터 한 달이 지난 지금 킥보드는 사무실 한쪽에 우뚝 서서 공간만 차지한 채 바깥세상 구경조차 못 하고 있다. 날씨가 조금 쌀쌀해진 탓도 있겠지만 그보다 킥보드에 대한 흥미가 떨어진 점이 더 컸다. 처음 샀을 때의 마음은 모든 출퇴근은 킥보드로 할 생각으로 샀는데 한 달이 지난 지금 중고로 팔아야 하는가를 고민하고 있다. 넘쳐나는 호기심이 문제인가 기준 없이 트렌드를 쫓는 것이 문제인가 이도 저도 아니면 지속적이지 못한 나의 끈기 탓인지….

살펴보면 비단 물건뿐만이 아니다.

사람과의 관계도 비슷하다.

엄청 좋아서 관계 맺고 친해졌는데 어느덧 세월이 지나면 피상적인 관계가 되든지 아니면 아예 남이 되어버리는 경우도 허다하다. 물론 사람이든 물건이든 간에 아무리 신중해도 처음 선택이 마지막을 보장할 순 없다. 그 순간에 최선을 다해 충실하면 되는 것이라고 말하고 싶지만 그러고 싶지 않다.

처음 마음이 끝까지 갔으면 좋겠고, 환경이 변하고 마음이 변할지라도 그 선택에 대한 후회는 없었으면 좋겠다. 사무실

구석 먼지에 싸여있는 킥보드를 조심스레 꺼내 들어본다.

빠른 속도로 달리면서 그간 쌓인 먼지를 털어보련다.

3. 가벼운 눈에도 나뭇가지는 부러진다

아침과 저녁으로 바람이 제법 싸늘해졌다.

영원할 것만 같았던 무더운 여름이 물러가고 가을이 성큼 다가왔다. 계절의 변화는 시간이 빠르게 흐르고 있다는 것을 실감하게 해준다. 올해도 어느덧 가을로 접어들어 머지않아 겨울을 맞이하게 된다.

나는 유독 가을을 좋아한다.

가을의 시원한 바람은 몸은 물론 머리까지 상쾌하게 해준다. 요즘은 기후 변화로 가을이 짧아져서 아쉽다.

계절의 기억을 더듬다가 문득 5년 전 삿포로 여행이 생각났다. 영화 러브레터의 여주인공이 오겡끼데스까를 목놓아 외쳐 됐던 바로 그곳.

삿포로의 겨울은 폭설이라는 단어로도 부족할 만큼의 많은 눈이 내린다. 한국에 살면서 그렇게 많은 눈을 접해보지 못했던 나는 신기함을 넘어서 두려움까지 느꼈다.

평소 눈이라는 것이 가볍다고만 생각했는데 그곳에서 발견한 것은 상상 밖의 것이었다. 나뭇가지에 눈이 하나둘 쌓이자 가지가 꺾이더니 결국에는 나무가 통째로 쓰러지는 것이었다. 그 광경을 목격하면서 가벼움에 대해서 다시 생각하게 되었다.

참을 수 없는 눈의 가벼움….

4. 나처럼 하면 실패한다

2년 전 필리핀으로 떠난 친구에게서 전화가 왔다.

한국에서 영상 관련 사업을 하다가 실패한 뒤 한국 생활을 접고 필리핀에서 가이드를 시작한 친구이다. 반가움과 궁금함으로 전화를 받았는데 친구의 목소리는 그다지 밝지 못했다. 이유인즉, 필리핀 현지의 상황이 좋지 못해서 철수를 고려하고 있다고 했다. 뉴스에서 매년 동남아 여행객들의 수가 증가하고 있다고 들어서 호황일 거로 생각했는데 생각했는데 막상 현지의 상황은 그러지 못한 듯했다.

친구는 나의 안부에 관해 물었고 나는 두 번째 책을 준비하고 있다고 말했다. 평소 시니컬하기로도 정평이 난 친구였는데 문득 내게 책 제목을 추천해 주었다.

'나처럼 하면 실패한다.'

서점에 가면 성공에 관한 책들로 수두룩하니, 실패에 관한 책을 적으라는 것이다. 그러고 보니 실패를 주제로 다룬 책들은 많지 않았다. 책은 성공한 사람만이 적어야 한다는 고정관념에서 비롯된 것일까?

수요와 공급의 관점에서 본다면 아마 수요가 없어서 그런 책들이 다뤄지지 않으리라 생각했는데, 조금 달리 생각해보니 성공을 원하는 사람이라면 실패하지 않기 위한 책을 찾을 수도 있지 않을까?

그런 생각이 들었다.

길지 않은 인생이지만 뒤돌아보니 많은 실패와 함께 살아왔다. 물론 실패와 함께 성공들도 있었지만, 양적으로 본다면 실패가 압도적으로 많았다.

그렇다면 친구의 조언대로 실패한 경험을 모아서 깨달은

것들로 사례를 만들어 보는 것도 의미 있는 작업이 되지 않을까?

실패 사례와 노하우를 읽은 누군가는 같은 실수를 저지르지 않고 성공의 길로 빠르게 다가갈 수 있을 테니 말이다.

5. 무계획이 계획이다

'무계획이 계획이다'

오래전에 본 영화의 대사인데 지금까지 뇌리에 선명하다.

주인공 가족이 모든 걸 잃고 절망에 빠져있을 때 아들이 아버지에게 다음 계획이 뭐냐고 묻자 아버지는 절대 실패하지 않는 계획은 바로 무계획이라고 말한다.

덧붙여서 말하기를 계획을 하면 반드시 계획대로 안 되기 때문에 계획이 없어야 한다고 했다. 계획이 없으니까 잘못된 일도 없고, 뭐가 터져도 상관없는 거라고 말했다.

평생을 계획 쟁이로 살아온 나에게 이 대사는 신선한 충격으로 다가왔다. 과거를 회상해보니 정말 계획대로 된 일은 손에 꼽힐 정도로 적었다. 그럼에도 왜 나는 그렇게나 많은 계획을 세우며 살아왔고 지금도 계획 세우는 것에 열심을 다하고 있는 것일까? 성장기 시절 학교에서 가르쳤던 생활계획표 짜기가 성인이 된 지금까지 영향을 끼치고 있는 걸까?

학업이든 회사 일이든 간 모든 일에는 계획을 세워야 한다는 것이 사회적 통념이다. 그것도 아주 잘 세워야 한다.

이런 사회적 통념에 정면으로 대치되는 '무계획이 계획이다' 얼핏 들으면 말이 안 되는 소리 같지만, 자세히 들여다보면 딱히 반박하기가 쉽지 않다.

수많은 계획 속에서 살아가고 있는 우리는 그 계획의 결과로 인해 기뻐하고 슬퍼하며 좌절한다.

어쩌면 계획 없이 살아가는 것이 행복으로 가는 지름길이 될 수도 있지 않을까?

당분간 무계획 인생을 살아보기를 다짐하다가 이 주제의 글을 마치면서 나도 모르게 내뱉는 한마디.

'좋아~ 계획대로 되고 있어'

6. 꽝 없는 로또

매주 토요일 저녁 로또 번호를 추첨하는 생방송이 진행된다. 그 프로그램을 보고 있자니 문득 이런 생각이 들었다.

참가하는 사람 모두가 걸리는 로또, 즉 꽝 없는 로또를 만들면 어떨까?

참가한 모든 사람이 돌아가면서 곗돈을 타가는 방식으로 그 주에 로또를 타갈 사람을 뽑는 것이다.

한 번 걸린 사람은 재당첨을 할 수 없도록 제한하고 해당 주마다 순서를 뽑는 방식으로 진행된다면 모두의 로또, 꽝 없는 로또가 될 수 있지 않을까?

　물론 참가하는 사람의 수를 생각한다면 평생 본인의 순서를 기다려야 할 수도 있다. 하지만 운이 좋으면 당장 다음 주에 자신의 차례가 될 수도 있을 것이다.
　로또 번호가 맞을지를 손꼽아 기대하며 사는 것보다, 언제 타 가느냐 하는 순서를 기대하며 사는 것이 훨씬 더 설레지 않을까?

　지인 중에 만 원의 행복을 외치며 매주 월요일마다 만 원 치의 로또를 사는 이가 있다. 그것을 지갑에 넣고 다니면서 당첨될 것을 상상하면 일주일을 만 원으로 행복하게 살 수 있다는 것이 지인의 지론이다.
　만 원의 행복이라….
　일부분 공감도 갔으나 당첨이 되지 않았을 때의 상실감도 만만치 않을 듯했다.
　차라리 위에서 제안한 방식을 만든다면 평생의 행복을 담보할 수 있지 않을까?

꽝 없는 로또, 꽝 없는 인생….

이 얼마나 설레지 아니한가?

7. 누구를 위하여 폭죽은 터지나

매년 가을이 되면 집 근처 바닷가에서 불꽃축제가 개최된다. 올해로 15회 차로 접어드는데 해가 갈수록 행사가 거대해지고 있다. 축제를 보러 오는 사람 수가 많아질수록 진풍경이 연출된다.

지하철에서 바닷가에 이르는 길 좌판에서 각종 음식이 판매되고, 교통통제로 인해 도로는 주차장으로 변하고 골목골목은 축제를 찾는 인파로 인해 마치 좀비 영화의 한 장면을 연상하게 한다.

집 근처에서 하는데도 불구하고 한 번도 축제를 직접 보러 간 적이 없다. 워낙 사람이 많은 곳을 싫어하고 하늘에 폭죽을 터트리는 것이 축제의 전부이기 때문이다.

매년 가을이면 반복되는 현상을 지켜보면서 과연 누구를 위한 행사일까 하는 의문이 든다.

축제 당일 하늘에 터트리는 예산만 60억 원에 달한다고 한다. 격하게 표현하자면 1시간 동안 하늘에 60억 원을 뿌려 되는데 과연 비용 대비 어떠한 효과가 있을까?

자세히 살펴보면 그날 돈을 버는 주체는 길거리 노점상뿐 아니라 바닷가에 위치한 상점들이다. 브랜드 커피숍을 비롯한 술집 및 음식점들은 그날 일명 자릿세 명목으로 아주 비싼 가격에 자리와 음식을 제공한다. 커피숍의 한 테이블을 4인 기준으로 음료 포함 20만 원에 좌석을 판매한다. 그럼에도 불구하고 예약하지 않으면 좌석을 구하기가 힘들다고 한다.

물론 문화를 향유하는 차원에서 본다면 부정적인 측면만 있는 건 아닐 테지만 경제적인 편익과 진정한 축제의 의미를 되새겨본다면 새로운 방식의 접근이 필요하다.

부디 시민을 위한 축제와 행사로 거듭날 수 있기를….

한 명의 시민으로서 간절히 바라본다.

8. 행복의 척도

'행복한 하루 되세요'

이메일 끝에 주로 사용하는 관용어이다.

인생 궁극의 목표인 행복.

인간은 행복을 추구하기 위해 산다고 어느 철학자가 말

했다.

행복이란 무엇일까?

행복에 대한 정의는 상당히 많다.

사람마다 느끼는 행복의 포인트도 다르다.

어떤 사람은 맛있는 음식을 먹을 때 행복하고, 어떤 이는 가족과 함께 있음에 행복을 느끼고, 운동할 때 행복을 느끼고, 또 어떤 사람은 돈을 많이 벌었을 때 행복을 느낀다.

내 나름의 성공에 대한 정의는 얼마나 오랫동안 행복을 느낄 수 있느냐이다. 행복한 시간을 계속해서 지속할 수 있을 때 그것이야말로 진정한 성공이라 생각한다.

포스트 코로나 시대라고 불리는 요즘 예전의 평범한 일상이 그리워진다. 마스크 없이 사람을 만나고 운동하고 술잔을 기울이던 그 시절이….

세상의 이치가 그러하듯 한쪽이 가득 차면 한쪽이 기울어지게 마련이다. 비록 평범한 일상은 사라졌지만, 그 대신에 가족과 함께하는 시간이 늘어났고, 평소 자주 갖지 못했던 혼자만의 시간을 가지게 되었다.

과거의 행복에 연연해하지 않고 오늘의 행복을 추구하는…. 그리고 그 행복을 오랫동안 유지할 수 있는 시간을 살아가기를….

9. 먹는 게 남는 거

나의 소비패턴을 가만히 보고 있자면 유독 한 부분의 지수가 높다. 바로 엥겔지수.

살펴보니 소비의 70%~80% 정도가 먹는 것에 관련된 지출이다. 물건을 하나 살 경우에는 인터넷을 통해 최저가 검색부터 가격 비교가 기본이지만 음식 등의 먹는 것에 관해서는 돈을 아끼지 않는다. 특별한 동기나 이유가 있지는 않지만, 꽤 오래된 소비 패턴이다.

지금도 "먹는게 남는거다."라고 외치며 음식에 과소비를

하고 있다. 그런데 곰곰이 생각해보니 음식을 먹고 나면 영양소는 체내에 흡수되고 나머지는 배설이 되기에 남는 것은 없게 된다. 표면적으로 보면 물건을 사면 그 물건이 닳아 없어지거나 처분하기 전까지는 남게 되는데 먹는 것은 먹고 난 뒤 남는 것이 없다.

그러면 도대체 먹는 것이 남는 것이라는 말은 어디에서 온 걸까? 생각의 굴레로 접어드니 나름의 답을 찾을 수 있었다.
'먹는 것이 남는 것이다.'
여기에는 쉽지 않은 세상살이 다 먹고 살기 위해 하는 일들인데 결국 건강을 챙겨야 행복도 누릴 수 있다는 뜻이 포함되어 있다고 생각한다. 잘 먹는 것을 통하여 건강한 인생. 행복한 인생을 누리라는 나만의 정의를 내려 본다.

10. 집중의 이율배반

　평소 운전하는 것을 즐기지는 않는다. 필요에 의해서만 하는 편이다. 어떤 연유인지는 모르겠지만 운전에 대한 신체적 피로도가 높기 때문이다.

　나의 경우 운전을 할 때 두 가지 모드가 있다.

　첫 번째는 집중 모드로 다른 생각은 일절 하지 않고 운전에만 집중한다. 양보도 잘 하지 않으며, 목적지까지 가장 빠르게 갈 방법만 생각한다. 그러다 보니 끼어들기 차량을 비롯해서 도롯가에 주정차로 인해 방해되는 차량 등으로 스트레스 지수가 높게 작용한다. 이 모드에서는 분노가 표출되어 싸움으로 이어지는 경우도 종종 있다.

두 번째는 비 집중 모드로 운전에 집중하지 않고 업무나 사적인 다른 생각을 하면서 운전하는 경우이다. 정신이 다른데 팔려 있기 때문에 평균 속도도 높지 않고 양보는 물론 주위 상황에도 그다지 신경을 쓰지 않는다. 더 정확히 표현하자면 다른 생각으로 인해 신경을 쓸 여력이 없다. 운전은 거의 몸이 무의식적으로 하는 단계이다.

공부든 일이든 집중해서 하면 효율성이 높고 좋은 성과가 나오는 것이 세상의 이치 아니었던가.

그런데 운전에는 이 원리가 적용되지 않았다.

오히려 집중하지 않았을 때 여러모로 좋은 결과치가 나왔다. 집중이 무조건 좋은 것만은 아니라는 생각이 들자 문득 이런 궁금증이 생겼다.

그렇다면 과연 이것이 운전에만 해당하는 것일까?

삶의 관점에서 본다면 어떻게 작용할까?

"인생은 가까이서 보면 비극이고, 멀리서 보면 희극이다."

영국 희극배우인 찰리 채플린의 유명한 어록이다.

오래전부터 익히 들어온 이야기지만 오늘 유독 가슴에 내려앉는다.

삶에는 집중도 필요하지만, 그에 못지않은 관조도 필요하다. 사람의 집중력에는 한계가 있고 무조건적인 집중이 능사가 아니라는 것을 운전을 통해 경험했다.

나무만 바라보는 것이 아니라 숲 전체를 바라볼 수 있는 자세, 관조적인 태도를 통해 희극인의 삶을 향유할 수 있기를 바라본다.

제4장
사유의 깊이

1. 골치 아픈 이유

일이나 사태를 해결하기가 성가시거나 어렵다.

'골치 아프다'의 사전적 의미이다.

살다 보면 골치 아픈 일이 수시로 생기는데 나이가 들고 나서는 주로 돈에 관한 것들이었다.

사업 대출로 인한 만기 상환, 매월 지급해야 하는 고정비용, 예상에 없던 지출 등의 직접적인 것들과 사람들과 관계에 얽힌 간접적인 것들도 따지고 보면 그 중심에는 늘 돈이라는 것이 자리 잡고 있었다.

문득 드는 생각이 과연 돈이 부족하지 않을 정도로 풍족하다면 골치 아픈 일 없이 살 수 있을까?

아직 그런 상황을 마주하지 못해서 여기에 대한 해답은 명확히 내릴 수가 없다. 하지만 예상하기로 골치 아픈 일이 줄어드는 것만은 확실하다.

또 다른 이유는 어떤 일이나 상황이 내 생각대로 진행되지 않았을 때 골치가 아프다. 예전에는 어느 정도 예측 가능한 일들이 많았는데 현재는 예측이 불가능한 시대다.

그만큼 변화가 빠르고 불확실성이 높은 사회에 살고 있다.

이렇다 보니 예상대로 진행되지 않는 일들이 부지기수다.

변명 같지만, 골치가 아플 수밖에 없는 구조다.

골치 아픈 이유를 알아보니 부족한 돈과 불확실성에 관한 것들로 추려진다. 원인을 알았으니 해결책을 찾아야 하는데 쉽지 않다.

간단하게 생각하면 부족한 돈은 더 벌면 되고 불확실성은 제거하면 된다. 헌데 말처럼 간단한 문제가 아니다.

실질적이고도 현실적인 해결책을 찾기 위해 사유의 여행을 떠나고자 한다.

혹여 이 여행에 관심이 있다거나 골치 아픔에서 벗어나고자 하는 이가 있다면 언제든지 환영이다. 여행은 함께일 때 더 재미있고 의미 있는 법이니까….

2. 삶의 무게

'인생은 늘 문제와 해결의 연속이다'
길지 않은 인생이지만 나만의 인생 정의이다.

어려서부터 호기심이 많은 편이었다. 궁금한 것이 있으면
참기 힘들었고 해보고 싶은 것이 있으면 몸소 겪어봐야 직
성이 풀리는 성격이었다. 호기심 천국이라는 별명으로 불리
울 만큼 호기심이 강해서 똥인지 된장인지 꼭 찍어봐야만
했고 그 덕분에 당면하지 않아야 할 문제와 상황들에 직면
하는 경우가 많았다. 그렇게 발생한 문제들을 해결하기까지

에는 늘 많은 시간과 비용, 에너지가 소모되었다.

청소년기에는 학교를 졸업해서 대학만 가면 모든 문제가 없어지고 평탄한 삶을 살 수 있으리라 생각했다. 대학에 진학하니 더 많은 문제가 생겨나기 시작했고 졸업과 동시에 취업을 비롯한 먹고 사는 현실이라는 큰 문제에 봉착했다. 문제의 발생은 그걸로 끝이 아니었다. 어렵사리 취업이라는 문제를 풀고 나니 진급을 비롯한, 이직, 연애, 재테크 등의 수많은 새로운 문제들이 나타나기 시작했다.

문제들이 나타날 때마다 해결책을 찾기 위해 갖은 궁리를 해가며 마치 숙제하듯 풀어나갔다.

지금은 어떨까?

여전히 삶 속에서 많은 문제가 발생하고 그것들을 해결하기 위해 고군분투 중이다.

하나의 문제가 해결되면 거짓말처럼 또 다른 문제가 찾아온다. 문제를 대하는 방식과 태도를 바꾸지 않으면 항상 그것에 끌려다니면서 몸과 마음이 상하는 일이 다반사다. 하여 어느 순간부터는 해결책을 찾는 데 주력하기보다 문제에 대한 접근방식을 바꿔보기로 했다.

　문제를 문제로 정의하지 않고 하나의 기회요인으로 즉, 위로 올라서기 위한 디딤돌로 인식하기로 했다.

　지금 나를 둘러싸고 있는 환경이, 내게 일어나고 있는 일련의 일들이….

　문제인가? 기회인가?

　문제에 대한 접근 방식과 태도를 바꾸자 삶의 무게가 한결 가벼워졌다.

　애당초 모든 것은 내가 정의하기 나름이었다.

　최근 다시 정의된 나의 인생관을 소개한다.

　'인생은 늘 기회의 연속이다.'

3. 그럼에도 불구하고 살아가리라

정체모를 전대미문의 바이러스가 전 세계를 강타했다.

우리나라도 예외일 수 없었다. 주식 시장은 매일같이 하락했고 소비는 얼어붙었다. 더 나아가서 모든 생활시설과 상업시설은 영업 및 이용에 제한이 걸렸다.

이 모든 것이 영화 속의 이야기일까?

아니다. 2020년 초에 발생하여 지금까지도 사회에 영향을 끼치고 있다. 모두가 처음 겪는 일이다 보니 혼란 그 자체였다. 세계 각국에서는 백신 및 치료제 개발에 들어갔고 일상생활에서는 사회적 거리두기라는 새로운 제도가 만들어졌다. 이 바이러스는 치사율이 높지 않지만, 전염률이 높은 것이 특징이다. 이런 상태가 오래되어지자 자영업자들의 폐업이 속출하기 시작했고 심지어 극단적인 선택을 하는 경우도 있었다. 하나의 바이러스가 전 세계에 미치는 영향력은 '대단하다'라는 단어 하나만으로는 턱없이 부족했다. 날씨가 더워지면 사라질 것이라고 예상했던 바이러스는 여름을 지나 몇 번의 4계절이 지났음에도 끝나지 않았다.

평소에는 잘 모르고 지냈던 일상의 소중함이 새롭게 느껴졌다. 늦은 시간까지 친구들과 술자리 모임, 실내 체육시설에서의 운동, 마스크 없이 산책하기 등 크게 의미를 부여하지 않았던 일상들이 새로운 의미로 다가왔다.

바이러스로 인해 일상은 빼앗겼지만, 이전과는 달리 가족과 함께 하는 시간이 늘어났고 혼자만의 시간도 제법 가지게 되었다.

이런 시국이 언제까지 이어질지는 아무도 모른다.

그럼에도 우리는 앞을 향해 나아가면서 계속해서 살아갈 것이다. 늘 그래왔듯이 언젠가는 이것 또한 극복해낼 것이라는 걸 알고 있기에….

4. 생각 한 번 해봅시다

'모든 것은 생각의 결과물이다'

이쑤시개, 우주선, 생수, 의자, 침대, 전철, 자동차 모든 것이 그렇다. 물건을 만들 때 또는 사회의 제도를 만들 때도 생각을 가지고 만든다. 생각이 이토록이나 중요한 것인데 생각 없이 살아갈 때가 많다. 바쁘다는 핑계로 피곤하다는 이유로 아무 생각 없이 살고 있다.

'생각대로 살지 않으면 사는 대로 생각한다.'라는 말이 있다.

곱씹어 보면 상당히 무서운 내용이다.

결국 살아가는 데 있어서 생각하는 것이 중요하며, 생각이 생존의 질과 양을 결정한다. 감각에만 빠져서 생각 없이 잘 살기만 바라는 것, 낮은 생각을 하면서 높게 살고 싶은 것, 행복하지 않은 생각을 하면서 행복하게 살고 싶은 것은 애당초 불가능한 것들이다.

생각의 방식과 시선의 높이 또한 중요하다.

이미 있는 길을 가는 데 익숙한 사람은 새로운 길을 열면서 가는 것이 어렵다. 비단 개인뿐 아니라 나라의 경우에도 후진국과 중진국은 이미 가는 길을 가는 데 익숙해져있다.

반면 선진국은 길을 열면서 가는 것을 당연하게 생각한다.

생각은 개인과 나라의 운명도 좌지우지할 수 있을 만큼이나 강력하다.

어떻게 살 것인가?

익어가는 가을의 마지막 밤,

깊은 사색에 잠겨본다.

5. 술 한 잔 할까요?

알코올 성분이 들어있어 마시면 사람을 취하게 하는 음료
의 총칭.

술의 사전적 정의다.

취하게 만드는 요소는 술 속의 에틸알코올, 알코올 함량의
최저한도로 다른 음료와 구별한다.

애주가는 아니지만, 술에 대한 에피소드는 셀 수 없이 많
은 편이다.

웃고 울었던 기억을 비롯해서 차마 말 못할 기억까지….

공식 주량은 소주 2병이지만 실제로는 그에 미치지 못한다.

달콤한 술을 좋아하는 편인데 칵테일, 과일소주, 백세주, 매실주 등이 입맛에 맞다. 소주나 양주와 같은 쓴 술은 왠지 목에서 잘 넘어가지 않는다. 혹자는 술은 쓴맛으로 마신다고 하는데 쓴맛은 이미 인생에서도 많이 느끼고 있는데 굳이 술까지 쓴맛을 느껴야 할 필요가 있을까?

한국인들의 주류문화를 보면 유독 폭탄주를 많이 마시는 것을 볼 수 있다. 비빔밥처럼 폭탄주 또한 융합의 문화라고 말하는 사람도 있지만 폭탄주가 융합의 문화라는 것에 동의하지 않는다. 폭탄주가 우리나라의 음주문화에 들어 온 지가 30년이 넘었다고 하는데 현재는 애주가 대부분이 공유하는 문화가 되었다. 술은 사회의 음식이라고 한다.

그 사회의 성격을 나타내는 측정기 역할을 한다는 뜻이다.

한 TV 프로그램에서 세대별로 술을 마시는 이유에 대한 설문을 했는데 그 내용이 재미있다. 20대가 술을 마시는 이유는 이성을 만나기 위해서이고, 30대는 상사에게 잘 보이기 위해서, 40대는 스트레스를 풀게 술밖에 없다고 대답했고, 50대는 배우자 때문에, 60대 이상은 술 마시는 것이 버릇되어 버렸기 때문이라고 답했다.

　개인과 사회에 있어 말도 많고 탈도 많지만, 술의 문화를 향유하는 한 사람으로서 부디 건강한 음주문화가 정착되었으면 좋겠다.

　고독, 불안, 억압 등의 도피로서의 음주가 아니라 건강한 인간관계와 스트레스를 해소하는 유익한 도구로서의 음주가 되기를….

　그런 의미에서 우리 술 한 잔 할까요?

6. 현명하게 산다는 것

'왜 사냐고 물으면 그냥 웃지요'

왜 이런 말이 나왔을까?

그 답을 프랑스의 작가이자 사상가인 장 폴 사르트르에게서 찾을 수 있었다.

사르트르는 실존이 본질에 우선한다고 말했다.

목적을 타고나는 다른 것들과 달리 인간은 미리 주어진 목적이 없으며 스스로 본질을 구성해가는 실존만이 있다는 의미이다.

즉, 책상과 같은 사물은 애초에 만들어지는 목적이 있기 때문에 본질 다음이 실존인데 반면 인간은 애초에 목적을 가지고 나오는 것이 아니라 실존 다음이 본질이라는 것이다.

실존주의의 관점에서 보니 우리가 사는 내내 삶의 목적을 찾고 그것을 위해 노력하며 불안해하며 절망하는 것은 당연한 것에 해당했다. 목적보다 앞서서 세상에 나왔기 때문에 삶이라는 과정을 통해 스스로 목적을 만들고 그것을 이루기 위해 살아가야 하는 것. 이것이 삶의 이유였다.

우리에게는 자유의지가 있고 자유의지는 과거를 돌아보고 미래를 예측하면서 현재를 선택할 수 있는 인간의 욕구와 상호작용하면서 나온다. 나는 이 자유의지야말로 사람을 사람답게 만들 수 있는 것으로 생각한다. 만약 우리에게 자유의지가 없고 타인이나 사회에 의해서 강요된 경험만 할 수 있다면 어떻게 될까?

아마 상상도 할 수 없을 만큼 제한된 삶은 물론 획일화된 인생을 살아야만 할 것이다.

현명하게 산다는 것은 타인과 비교하지 않고 목적성에 맞도록 가장 나답게 사는 것이 아닐까?

누군가 내게 왜 사냐고 묻거든 이제는 웃지 않고 대답해야
겠다.

나의 실존 목적은 경험이고, 경험하기 위해 살아간다고….

7. 공부 꼭 해야 합니까?

어렸을 적부터 공부와는 거리가 멀었다.

학교 다니는 것 자체가 싫었고 수업 시간에는 잠을 자거나 만화책을 읽으면서 시간을 보냈다.

기다려지는 시간은 오직 도시락을 먹는 점심시간과 체육 시간뿐이었다.

자유의지로 처음으로 공부다운 공부를 했던 시기는 중학교 시절 남녀공학 고등학교를 진학하기 위한 목적이 생기고부터였다. 연합고사가 폐지되고 내신 성적으로만 고등학교

진학이 결정되기에 필승의 각오로 공부에 매진했다. 결과는 운 좋게도 딱 합격선에 걸려서 남녀공학인 학교에 입학할 수 있었다. 목적은 이뤘으나 문제는 그다음이었다. 목적이 사라지자 다시 공부와는 담을 쌓았고 고등 교육의 목적인 대학 진학은 내게 와 닿지 않았다. 우여곡절 끝에 대학에는 들어갔지만, 제도권의 공부는 역시나 내게 맞지 않는 옷이었다.

요즘 초등학생은 학교를 마치고 학원까지 갔다가 집에 귀가하는 시간이 밤 10시 정도라고 한다.

빨리 태어난 것이 다행이다.

공부 잘해서 출세하는 시대는 끝났다고들 하는데 아직도 공부에 대한 맹목적 믿음은 가시지 않는다.

공부 꼭 해야 하는 것일까?

청소년기 시절부터 품었던 질문인데 청년을 지나 중년으로 접어든 지금도 궁금하다.

성인이 되고 난 뒤 필요에 의한 공부는 종종 하지만 어렸을 시절처럼 강요에 의한 공부는 하지 않는다.

애당초 강요받은 공부가 아니었다면 거부감 없이 흥미를 가지고 할 수 있었을까?

자율성이 전제되었다면 재미있게 공부에 접근할 수 있었으리라 생각된다.

억지로 하는 공부가 아닌 스스로 하는 공부 말이다.

공부하는 행위 자체가 싫었다기보다 강제로 해야만 하는 분위기가 싫었다. 학교와 제도권 교육에도 개인의 자율성이 담보된다면 보다 효율적이고 효과적인 결과가 나오지 않을까?

교육 방법이니 입시 제도를 논하기에 앞서 공부를 제대로 할 수 있는 환경을 만들어 주는 것이 우선적 과제일 텐데…. 숲을 보지 못하고 나무만 보고 있는 건 아닌지….

최근 회사에 직원이 늘어나면서 사람과 관계에 대한 이해가 필요했다. 그토록 싫어했던 공부이건만 한 치의 망설임 없이 책을 집어 든다. 배고프면 먹지 말라고 해도 찾아서 먹듯, 필요하면 하지 말라고 해도 하는 것이 공부이다.

8. 작가라는 꿈

　글을 잘 쓰는 유명한 작가들의 글을 보면 공통으로 느끼
는 것이 있다. 특별히 문장력이 좋다거나 흔히 말하는 글발
이 뛰어난 거 같지는 않은데도 불구하고 그 글에는 공감력
과 흡입력이 있다. 왜 그런지에 대해서 깊이 생각하고 분석
해본 결과 드디어 알게 되었다. 화려한 문체나 문장력보다
는 상황을 꿰뚫어 보고 재해석하는 통찰의 힘이 담겨 있었
기 때문이다. 사소한 일상에서 그냥 지나칠 수 있는 작은 부
분에서도 작가는 그것을 끌어내서 살펴봄으로 그것에 의미
를 부여하고 메시지를 전달한다.

즉, 뛰어난 작가가 되려면 문장력은 기본이고 상황을 유의미한 것으로 해석할 수 있는 통찰력을 키워야 한다는 것을 뼈저리게 느꼈다. 지금까지 작가는 마냥 글을 잘 쓰는 사람인 줄 알았는데 그것을 훨씬 뛰어넘는 능력이 필요했다.

재미있는 점은 시중에 나와 있는 글쓰기에 관련된 책들의 내용에는 주제 선정하기, 스토리텔링, 논리적인 글쓰기 등 글에 관련된 것들로만 쓰여 있는데 통찰이나 사색에 관한 것들은 찾아보기 힘들다.

하지만 진정한 글쓰기는 깊은 사색과 사물이나 사람, 상황에 따른 통찰에서 나온다. 표현력은 그다음의 문제이다.

가끔 무릎을 치게 되는 글들을 보면 어떻게 저런 생각을 할 수 있었을까? 라는 생각은 해도 어떻게 저런 문체와 문장을 적을 수 있었을까? 라고는 생각하지 않는다.

내게는 오래전부터 위대한 작가에 대한 꿈이 있다.

아직은 시작에 불과하지만 나도 언젠가는 글로써 많은 사람들의 삶을 도울 수 있는 작가가 되고 싶다. 치유의 글을 넘어서 성장의 글, 더 나아가 행복의 글을 쓰고 싶다.

위대한 작가가 되기 위한 필수 요건인 통찰력을 키우기 위해서 나는 오늘도 글을 쓴다.

9. 한파주의보

30년 만의 한파가 찾아온다고 뉴스에 종일 보도되고 있다.
당일 아침의 이불 밖은 너무나 위험해 보였다.
내복을 비롯한 장갑까지 각종 보호 장비로 무장을 하고 나
서야 집을 나섰다. 집을 나서며 흡입한 차가운 공기는 며칠
전에 본 다큐멘터리 프로그램 속으로 나를 이끌었다.

히말라야의 어느 작은 시골 마을이 배경이었다.
후원자의 도움으로 시골에서 도시에 있는 학교에 다니는
아이들의 이야기였다.

더 정확히 표현하자면 그 아이들을 학교에 보내기 위한 아버지, 할아버지에 관한 이야기라고 하는 것이 맞겠다.

시골의 아이들이 도시에 있는 학교에 가기 위해서는 얼어 있는 강과 몇 개의 산을 넘고 넘어 꼬박 열흘이라는 시간이 걸린다. 길의 형세가 거칠고 멀기 때문에 아버지 또는 할아버지가 아이들을 데려다준다.

길이라고 표현하기가 무색할 정도로 가는 여정은 험난하다. 이 열흘간의 여정을 담은 것이 프로그램의 주된 내용인데 보고 있자면 탄식이 절로 나온다. 얼어있는 강물을 깨서 하의를 탈의하고 그 물속을 통해 짐과 아이들을 여러 차례 반복해서 이동시킨다.

밤이 되면 영하 30도의 날씨에서 야영하는가 하면 몇 개의 굽이진 산과 얼음 강물을 지나는데 그 광경을 눈으로 보고 있으면서도 믿기 어려웠다.

태어나 지금까지 단 한 번도 영하 30도의 날씨는 경험해 본 적이 없다. 한국의 한파주의보 기준은 아침 최저기온이 전날보다 10℃ 이상 하강하여 평년값보다 3℃가 낮을 것으로 예상되거나 아침 최저기온이 -12℃ 이하가 2일 이상 지속될 것이 예상될 때 한파주의보가 발령된다. 그렇다면 영하 30도에는? 모르긴 해도 한파대피보 정도는 발령되어야 하지 않을까.

   같은 시간 다른 공간에 사는 우리의 삶은 상대적이다.
   어느 영하 12도의 추위는 한파주의보가 되어 연일 뉴스에 나오지만, 어느 영하 30도의 야영은 짧은 다큐멘터리 속에 잠깐 스치고 지나간다.
   짧게 흡입한 공기를 길고 천천히 내뱉었다.
   목적지로 향하는 동안 무심코 올려다본 하늘은 유독 시리도록 파랗고 파랬다.

10. 존재의 이유

26년 전에 나온 노래 제목으로 한때 즐겨 불렀던 노래이다.

사랑하는 상대 덕분에 본인이 존재할 수 있다는 가사의 노래다. 옛 추억이 떠올라 노래를 듣다가 문득 나의 존재 이유는 무엇일까를 생각해본다.

나는 어떤 목적으로 삶을 영위하고 또 무엇을 위해 살아가고 있는 걸까?

개인의 영역에서 보자면 어제보다 더 나은 오늘, 즉 성장에 목적이 있고 사회적으로 영역을 좀 더 확장해보면 더 나은 세상, 다시 말해 타인에게 좋은 영향력을 끼치는데 그 의

의가 있다.

나름의 존재 이유를 가지고 있지만 그것의 실천과는 어느 정도 거리가 있는 것이 사실이다.

이유와 실천 사이의 간극을 좁히는 것.

이것이 숙제이다.

누군가 이런 말을 했다.

'왜 사냐고 묻거든 그냥 웃지요'라는 말이 자신의 존재 이유를 모르기 때문에 그냥 웃는다고 말이다.

만약 세상의 부모들에게 본인의 존재 이유를 묻는다면 자식이라고 답할 것이고 자식의 존재 이유에 관해 묻는다면 아마 그 어떠한 목적성이 아니라 존재 그 자체로 충분한 행복이라고 답할 것이다.

존재의 이유가 꼭 있어야 하는지는 잘 모르겠지만, 삶이 무한하지 않고 유한하다는 점.

그리고 이 세상에 태어나 살아있음이 가치 있는 존재라는 걸 증명하는 것은 아닐까….

제5장
사람, 또 사람

1. 나를 행복하게 만드는 이들

20대 끝자락에서 의도치 않은 얼떨결에 창업했다.

5명의 동업으로 시작한 창업은 각자가 직함을 나눠서 명함을 파고 작은 사무실을 구하는 것에서부터 시작되었다. 5명 중 나이가 가장 어렸으나 주동했다는 이유로 대표직을 맡게 되었다. 세상 모든 일이 그러하듯이 경험 없이 시작한 일이다 보니 좌충우돌의 연속이었다. 흔히 말하는 사업의 3요소 자본, 기술, 네트워크가 전무했다. 주변 친구들은 거의 다 직장 생활을 하고 있어서 조언을 구할 곳도 없었다. 지금이야 10대에 하는 창업도 많이 있지만 그 당시만 하더라고

20대에 하는 창업은 이른 편이었다.

태어나 처음 해본 창업은 모든 것이 어렵고 생소했다.

외부에 나가 영업하는 일, 몇 명 안 되는 직원이지만 사람을 관리하는 일, 적은 돈으로 큰 성과를 내야 하는 일, 새로운 상품과 서비스를 기획하는 일, 무엇보다 가장 큰 어려움으로 작용했던 것은 동업으로 시작하다 보니 의사결정에 관한 부분이었다. 자동차로 치면 4개의 바퀴가 없고 엔진만 5개인 셈이었다. 바퀴가 없으니 차가 제대로 굴러갈 리 없었다. 혼자서 바퀴 역할도 해보았지만 역부족이었다.

열정 가득 안고 야심 차게 시작한 첫 창업이 폐업에 이르기까지는 오랜 시간이 걸리지 않았다. 재정적 문제를 수반한 어려움이 닥칠 때마다 동업자들은 한 명씩 각자의 살길을 찾아 떠나기 시작했고 결국에는 혼자만 남게 되었다. 마지막까지 고군분투했으나 폐업은 피할 수 없었다.

사업이 망하자 사라진 사람은 비단 동업자들만이 아니었다.

거래처는 물론이고 비즈니스로 만났던 사람들, 심지어 사업과 무관한 지인들까지 행적을 감추었다. 유난히도 추웠던 그해의 겨울, 내곁을 지킨 것은 쓰디쓴 알코올이었다. 평생 마신 술의 절반 이상은 이때 마신 술이다.

　겨울이 지나 해가 바뀌어도 별다르게 나아진 것도 없었고 이렇다 할 돌파구도 보이지 않았다. 그렇게 지쳐있던 나를 다시 일으켜 세운 건 가족과 친구였다. 가족은 늘 변치 않는 믿음과 응원의 메시지를 보내왔다.
　친구에게는 굳이 좋지 않은 상황을 알리지 않았지만 어떻게 알았는지 집에서 은둔생활을 하고 있던 나를 불러냈다. 위로와 격려로 아픔의 시간을 함께했다. 모든 걸 포기하고 싶었지만, 뒤에서 나를 응원해주고 아껴주는 사람이 있다고 생각하니 쉽게 포기할 수가 없었다. 반드시 재기해서 그들의 은혜에 보답하고 싶었다. 가족 외에도 그런 큰 힘이 되는 존재가 있다는 것이 감사했고 행복했다.

　사람에 의해 많이 아팠던 시절이었지만 결국 그 상처를 치유해주는 것도 사람이었다.

2. 나는 무엇을 줄 수 있는가

  사람을 사귈 때 가려서 사귀는 편이다.

  비단 이성적인 만남이 아니더라도 코드가 잘 맞는 사람만 만난다. 그러다 보니 인간관계가 넓지는 않지만 좁으면서 깊다.

  연애는 본인이 어떤 사람인지 확인할 수 있는 좋은 계기다.

  연애의 목적은 자신에게 가장 잘 맞는 이성을 만나 행복한 시간을 보내는 것이 최우선이겠지만 다른 한편으로는 몰랐던 자신에 대해 알아 갈 수 있는 최적의 시간이다.

흔히 주변에서 연애하더니 사람이 달라졌다. 라는 말들을 자주 하는데 그건 그 사람이 바뀐 것이 아니라 본래 그 사람의 모습, 즉 평소에는 나타나지 않아서 몰랐던 성향들이 나오는 것이라 생각한다. 본래의 성향들이 나올 수 있는 상황들이 마련되지 않아서 모르고 있다가 연애를 통해서 여러가지 상황들에 마주하게 되자 내면 깊숙이 자리 잡고 있던 것들이 쏟아지게 되는 것.

사실 이것도 연애만의 묘미는 아닐까?

나의 인간관계는 상대방의 태도를 보고 나서 스탠스를 결정짓는다. 상대가 1을 주면 2를 주고 -1을 주면 -2로 돌려준다. 플러스든 마이너스이든 주는 것에 갑절을 돌려주는 것이 원칙이다. 상대의 행동에 대응해서 대처하는 방식이다. 이렇다 보니 평판도 사람에 따라서 극과 극으로 갈린다.

전자의 경우는 엄청 좋은 사람으로 불리고 후자의 경우는 엄청 나쁜 사람으로 기억된다. 계산적일 수도 있고 상대방에게 먼저 마음을 열고 다가가지 않는다는 점에서 그다지 좋은 방법이라고 생각하지는 않는다. 하지만 오랜 시간에 걸쳐서 생성된 방식이다 보니 잘 고쳐지지가 않는다.

지금 생각해보면 이런 인간관계의 방식이 연애할 때도 고스란히 적용되었던 듯하다.

어쩌면 상처받기 싫어서, 손해 보기 싫어서….
여러 가지 핑계들을 앞세워 먼저 주는 것에 인색했던 건 아닌지….
앞으로 마주하게 될 사람들에게는 마음이든 물질적인 것이든 먼저 주는 것을 연습해 봐야겠다.

나는 무엇을 줄 수 있는가?
이 한마디를 가슴 깊숙이 새겨 넣어 본다.

3. 인간관계의 마일리지

평소 알고 지내던 지인의 회사에 사외이사로 일하게 되었다. 계약을 맺고 두세 달 정도는 아무 문제 없이 급여가 지급되다가 넉 달 정도 되었을 무렵부터 약속된 날짜에 급여가 지급되지 않았다. 나중에 알게 된 이유는 회사 사정이 어려워졌기 때문이었는데 지인은 사실대로 말하지 않고 이런저런 핑계를 대면서 지급 날짜를 미루었다. 급여를 늦게 주는 것은 참고 기다릴 수 있었는데 자꾸 약속된 날짜를 번복하는 것이 문제였다. 더 나아가 지급하기로 약속된 날짜가 되면 아예 전화를 받지 않고 연락조차 되지 않는 경우가

태반이었다.

나 역시 개인 사업을 오랜 기간 해왔기 때문에 경영자의 심정과 상황은 누구보다도 잘 알고 있다. 매번 돌아서면 직원들 급여 지급 날이 다가오고 회사 자금 사정은 여의치 못할 경우가 많다. 그러면 차라리 솔직하게 상황을 이야기하고 양해를 구하면 될 터인데 애써 다른 핑계를 대면서 연락조차 받지 않는다는 것은 도저히 용납되지 않았다. 결국 오랜 시간 우여곡절 끝에 문제 해결은 되었지만, 관계의 아쉬움은 남는다.

인간관계에 있어 양보할 수 없는 나만의 철칙이 하나 있다. 실수에는 관대해도 태도에 관한 부분은 용납하지 못한다. 즉, 어떤 상황에서 벌어진 상대방의 실수로 인해서 내게 물질적, 정신적 피해가 발생했다 해도 크게 화내거나 따지지 않는다. 사람인 이상 실수할 수 있고 나 역시 실수할 수 있다고 생각하기 때문이다. 반대로 실수는 하지 않았지만 태도로 인한 부분은 과할 정도로 화를 내거나 참지 못한다.

여기에 관한 나의 지론은 이렇다.

실수에는 자신의 의지가 관여되지 않는다. 자신이 의도하지 않았지만 실수라는 결과가 나온 것임에 반해 태도는 본인의 의지가 개입된 것이다. 본인의 마음가짐에 의해서 나오는 것이 태도이다. 실수에는 고의성이 없지만 태도에는 고의성이 존재한다.

나는 오늘도 태도에 대한 인간관계의 마일리지를 적립한다.

4. 보답의 기간

서울에 사는 대학 시절 친구가 설 명절 연휴를 맞아 고향에 내려왔다. 연휴가 제법 길어서인지 그는 흩어져 있던 친구들과의 모임을 주선했다. 내게도 연락이 왔다.

모이는 사람들의 명단을 포함해 시간과 장소에 관한 내용이었다. 명단을 유심히 살펴본 결과 유독 눈에 띄는 이름이 있었다.

대학 졸업 이후 특정한 사건을 계기로 원수가 되어버린 K.

매년 분기로 진행하던 계모임도 수년째 나가지 않게 된 것도 K로 인해서였다.

망설임 끝에 모임을 주선한 친구에게 메시지를 보냈다.

"내일 모임 나는 빼고 진행해. 나는 K 때문에… 다른 친구들에게 안부 전해주고…."

메시지를 보낸 즉시 답장이 왔다.

"알았다. 이그… 시간 많이 지났으면 고마 그러려니 하는 거다."

관계의 개선이든 무엇 하나 해결된 것이 없는데 과연 시간이 지났다고 아무렇지 않은 척해야 하는 게 맞는 것일까?

다시 핸드폰을 들고 정성들여 메시지를 입력했다.

"은혜는 상대가 만족할 때까지고, 원수는 내가 만족할 때까지다."

추후에 듣게 된 소식이지만 다른 이유로 인해서 그 모임은 성사되지 않았다고 한다.

그날 친구에게 보낸 메시지는 나름의 보답의 기간이라고 정의했지만 어쩌면 옹졸한 나의 마음의 시간이었을지도 모르겠다.

설 명절이 지나고 나이가 한 살 더 늘어났다.

나이를 들어감에 따라 사람의 마음은 더 유연해진다고 하는데 나는 반대로 더 딱딱해지는 느낌이다.

자아에 대한 깊은 성찰과 고민이 필요한 지금, 이 순간에도 달콤한 아이스크림이 먹고 싶어지는 나는 아직 어른이 되려면 멀었나 보다.

5. 꾸준함의 위력

무언가를 시작하려 할 때 항상 찾게 되는 두 가지 요소가 있다. 첫 번째는 내적 요소인 동기나 가치 등의 의미 부여이고 두 번째는 외적 요소인 행위에 필요한 준비물 등의 구입이다. 이러다 보니 항상 시작은 무겁고 거창하다.

내적 요소를 만족케 하기 위해서는 합당한 명분을 찾아야 함에 시간이 들고 외적 요소를 갖추기 위해서는 그에 따른 비용이 들어간다. 시간과 비용에 대한 에너지를 할애하고 나서야 시작이 가능하다.

그렇게 쉽지 않게 시작되었음에도 불구하고 막상 끝맺음까지 가는 경우는 많지 않다. 중간에 흥미를 잃게 되는 경우도 있고 나태와 귀찮음으로 인해 포기해 버리는 것도 다반사다. 무엇인가를 시작하는 것보다 더 중요한 것은 그것을 지속하는 것이라는 것을 알게 되기까지는 꽤 오랜 시간이 걸렸다.

외부의 압력이나 내부의 갈등에도 포기하지 않고 끝까지 해낼 수 있는 힘. 꾸준함이다. 바쁜 현대 사회를 살아가면서 특정한 행위나 생각들을 꾸준히 해 나간다는 것은 쉽지 않지만 그만큼이나 위력적이다.

성공이나 실패에 대한 요인도 재능이나 능력에 달려있기보다도 그것을 끝까지 지속해서 할 수 있느냐에 따라 판가름 난다고 생각한다.

길지 않은 나의 삶을 돌아보니 호기심이 많은 편이라 이것저것 시도는 많이 했으나 끝까지 해냈던 일은 손에 꼽을 정도다. 단순히 끈기의 부족이었다고 치부해 버릴 일이 아니다.

그렇다면 왜 어디서부터였을까?

쉽게 싫증 내는 성격, 지루함을 못 참는 타입, 선천적인 혈액형 탓, 어려움에 봉착하면 나타나는 회피 성향, 투입 대비 높은 효과의 경제성 논리 등 곰곰이 생각해보니 한두 가지의 이유가 아니었다.

가슴 깊은 곳에서 한숨 한 바가지가 올라온다.

스스로 반성하고 자성한 결과인지 요즘 들어 부러움을 넘어 존경심을 느끼게 하는 사람들이 있다.

상황이나 조건에 관계없이 주어진 위치에서 자신의 몫을 묵묵히 꾸준하게 해내는….

핑계나 불평 하나 없이 오로지 진심으로 매진하는….

그 꾸준함으로 인해 탄성을 자아내게 만드는….

이것이야말로 진정성이라 말하는 그것이 아닐까?

그들의 꾸준함과 진정성에 박수를 보내면서 내 삶의 옷매무새를 가다듬어본다.

6. 평판 사회

기온이 영하권을 밑도는 추운 날이었다.

평소에는 사무실 근처의 식당가에서 점심을 먹는데 날씨가 추워서 배달로 시켜 먹기로 했다. 배달 앱을 실행시켜 따뜻한 국물이 있는 메뉴로 검색했다.

오프라인에서 식당을 선택할 때 기준이 가게 안의 손님 숫자라면 온라인에서는 가게를 이용한 손님들의 후기, 즉 리뷰를 보고 선택하게 된다. 오죽하면 리뷰 아르바이트가 생겨날 정도이니 그 영향력은 실로 위력적이다.

한참을 검색하다가 평점과 후기가 좋은 국밥집으로 선택했다. 보통 이런 기준의 선택은 성공확률을 높여주기보단 실패 확률을 낮추는 데 목적이 있다. 그런데 이날은 이 확률이 통하지 않았다. 칭찬 일색인 국물 맛은 고기 비린내에 절여 있었고 반찬은 아예 손도 대지 못할 정도였다. 평소 좋은 후기, 나쁜 후기 구별 없이 후기 자체를 쓰지 않는 편인데 이날은 진심으로 후기를 적고 싶었다. 글쓰기 소재가 하나 생겼구나 하는 생각에 결국 후기는 적지 않았으나 다시는 그곳에 주문하지 않으리라 다짐했다.

어떤 일이든 검증 과정을 거침에도 불구하고 자신이 직접 경험하기 전까지는 간극이 반드시 존재한다. 그렇다고 모든 경험을 직접적으로 다 하기에는 시간적, 물리적인 제한이 따르는 것도 부정할 수 없는 사실이다. 이런 점들을 종합하여 내린 결론은 본인의 직접적 경험 전까지는 그 어떠한 선입견도 편견도 가지지 않기.

어쩌면 사람에 대한 기대와 실망. 이 모든 것은 선입견이 초래하는 결과일지도 모르니 말이다.

7. 사랑하기 전에는

아침 출근길에 자동차 시동을 켜고 예열이 되는 동안 잠시 밖을 바라보고 있었다. 먼발치에서 할아버지와 할머니가 산책하는 모습이 눈에 들어왔다. 그런데 자세히 보니 그냥 산책하는 것이 아니라 두 손을 꼭 잡고 산책을 하는 것이 아닌가.

진정한 사랑이라고는 부모가 자식에 대한 내리사랑 밖에 없다고 늘 외치던 내게 노부부의 모습은 꽤 충격적이었다.

그렇다. 이것은 사랑이었다.

'어떤 사람이나 존재를 몹시 아끼고 귀중히 여기는 마음'

사랑의 사전적 정의다.

지금은 거의 없어진 결혼식 주례사에 반드시 등장하는 문구가 있다. 검은 머리 파뿌리 될 때까지 사랑하라!

머리색이 하얗게 될 때까지 오래도록 사랑하라는 말인데 현실 세계에서는 쉽지 않은 일이기에 주례사에 등장하였으리라 생각한다.

노부부의 마주 잡은 손을 보고 있자니 흐뭇함을 넘어 경건한 마음마저 들었다.

사랑 하나만으로는 평생을 함께하기가 어렵다는 것이 내 개인적인 지론이다. 평생을 함께하기 위해서는 사랑 위에 신뢰, 배려, 존중이 더해져야 온전해진다.

긴 시간 세상의 풍파를 겪으면서 지내온 인생의 동반자와 함께하는 아침 산책은 누구나 할 수 있는 일이지만 아무나 할 수 있는 일은 아닐 것이다.

출근 시간이 늦어진 것도 모른 채 멀어지는 노부부의 뒷모습을 한참 동안 바라보았다. 그 모습이 시야에서 완전히 사라질 때쯤에서야 핸들을 잡을 수 있었다.

　퇴근 후 집으로 돌아와 버킷리스트에 항목 하나를 조심스레 추가해본다.

　'머리색이 파뿌리색이 되었을 때까지 사랑한 인생의 동반자와 손잡고 산책하기'

8. 중고 거래

가끔 필요가 없어진 물건을 중고 거래 플랫폼을 이용해서 판매한다. 처음에는 물건을 버리기에는 아깝고 해서 판매하기 시작했는데 적지 않은 수입이 생겼다. 물건을 팔다가 괜찮은 물건이 보이면 사기도 한다.

플랫폼에는 생활용품을 비롯한 가전, 가구, 뷰티, 의류 등 종류를 불문하고 다양한 제품들이 거래된다. 무엇에 쓰이는지 잘 모르는 제품부터 유명한 인기 품목까지 없는 것이 없을 정도다.

재미있는 점은 거래 시에 천원 단위의 할인에 따라 거래

성사 여부가 결정되기도 한다. 그만큼이나 중고 거래의 묘는 가격 흥정이라고 볼 수 있다. 태어나 특별한 장사 경험은 없지만 중고 거래를 통해 장사가 잘 되었을 때의 느낌을 어느 정도 체험할 수 있었다.

중고 거래 플랫폼의 물건들을 둘러보다가 문득 이런 생각이 들었다.

'저 많은 물건들도 처음에는 주인의 관심 속에서 구매되었다가 어느덧 가치가 없어져 매물로 나왔구나…. 그래도 버려지지 않고 다른 주인에게 가서 새로운 가치를 제공할 수 있다면 그것도 나쁜 것만은 아니겠구나'

우리네 사람 관계도 크게 다르지 않아 보였다.

상호 간 필요가 있을 시에는 함께였다가 필요가 다하면 헤어지는….

그러고 나면 또 다른 필요를 찾아가는….

왠지 모를 서글픔이 엄습해오는 밤이다.

보고 있던 중고 거래 플랫폼의 종료 버튼을 눌렀다.

팔기로 마음먹고 한군데 모아 두었던 물건들을 다시 제자리에 놓고 나서야 잠이 들 수 있었다.

9. 당신의 이야기를 들어드립니다

"스펙 제로, 아무것도 안 하는 나를 빌려드립니다."

일본에서 화제가 된 대여 서비스이다. 이름하여 '렌탈, 아무것도 하지 않는 사람'이다.

지식이나 노동력 제공은 당연히 없고 간단한 대화 몇 마디만 하면서 그냥 곁에 있어 주는 서비스이다.

말 그대로 아무것도 하지 않는다.

무엇이든 다 해주는 대행 서비스는 들어봤어도 아무것도 하지 않는 대여 서비스라니….

사회성 부족으로 퇴사한 30대 남성의 아이디어로 시작한 이 서비스가 과연 팔릴 수 있을까 생각했는데 기우였다. 이 남성의 트위터 팔로워 수는 27만 명을 넘어섰고 10만 원 상당의 대여료에도 의뢰는 꾸준히 들어왔다.

　특이하고 신기한 현상이다. 일반적인 경제성 논리로는 해석이 어렵다. 한편으론 사회가 그만큼이나 외롭다는 방증이 아닐까 하는 생각이 든다. 지금의 우리 사회는 말하고 싶은 사람은 많은데 들어주는 사람은 없다.

　최고의 창조는 모방이라고 했던가.
　새로운 신사업 아이디어가 떠올랐다.
　"당신의 이야기를 들어드립니다."
　고민을 비롯해 무슨 이야기든 들어주는 서비스. 물론 익명성에 기반을 둔다. 외로운 이유를 곰곰이 생각해보면 자신의 이야기를 편하게 털어놓을 만한 마땅한 곳이 없기 때문이다.
　가족과 친구에게도 말 못하는 이야기가 있는 법인데 만약 상대가 자신과 아무 관련이 없는 사람이라면 가능하다.

왠지 모르게 이번 사업 아이템에서 대박의 냄새가 피어오른다. 이 사업을 함께할 동지가 있다면 두 팔 벌려 환영이다. 언제든지 당신의 이야기를 기다리고 있겠다.

10. 우문현답

　인생을 조금이라도 살아본 사람은 타이밍의 중요성에 대해서 공감하리라.

　학업의 타이밍, 연애의 타이밍, 취업의 타이밍, 이직의 타이밍, 결혼의 타이밍, 투자의 타이밍, 선택의 타이밍….

　이건 뭐 모든 것이 타이밍이지 않은가. 이래서 인생은 타이밍이라는 말이 나왔는가 보다.

　이 타이밍이라는 것을 잘 잡으면 더없이 좋은 결과를 초래하지만 한 번 놓치게 되면 되돌릴 수 없는 결과를 초래한다.

요즘같이 시대가 수시로 급변하는 시대일수록 더욱이 타이밍이 중시된다.

너무 늦어서도 안 되고 빨라서도 안 되는 그런 것.

지인 중에 타이밍의 귀재라고 불리는 분이 있다.

새롭게 하는 사업마다 성공시키고 투자의 영역에서도 두각을 나타내고 있다. 인생 선배이기도 하여 여러 가지 조언을 구하러 갔다가 궁금해서 물었다.

"어떻게 하면 가장 좋은 타이밍을 잡을 수 있을까요? 노하우가 있다면 좀 알려 주세요."

지인은 의미심장한 미소로 내게 대답했다.

"타이밍은 본인이 만들어 가는 것이지 애초에 완벽하고 좋은 타이밍이라는 것은 없어. 스스로 행동하고 노력하는 결과에 따라 좋은 타이밍을 만들어 낼 수 있는 거야."

지금까지 내가 가지고 있던 관념과는 완전히 배치되는 답

변이었다. 좋은 타이밍이 올 때까지 기다렸다가 그것을 발견하고 잘 잡는 것이 아니라 스스로의 행동과 노력으로 타이밍을 만들어 내는 것이라니….

지인의 말을 빌리자면 좋은 때를 기다린다는 것의 의미는 만약 그런 시기가 오지 않으면 영영 할 수 없다는 말과 같은 것이라고 했다. 덧붙여서 분석과 생각보다는 행동에 초점을 맞춰서 실행하라고 조언했다.

집으로 돌아오는 길이다.

늘 생각해오던 연애와 결혼의 타이밍.

생활 게시판에 붙어있는 댄스 동호회 안내문을 유심히 바라보다가 핸드폰을 조심스레 꺼내 본다.

Special Thanks To.

강대성, 강수연, 강헌우, 고영광, 권동필, 권현정, 김경화, 김대용, 김미예, 김봉진, 김선미, 김성룡, 김수현, 김연미, 김영민, 김예은, 김우중, 김원태, 김유빈, 김유한, 김은란, 김은정, 김재용, 김정은, 김정업, 김정윤, 김주연, 김중헌, 김진희, 김혜란, 김홍균, 김효정, 나선주, 남기범, 노수연, 박병근, 박화목, 방영애, 백가영, 백란현, 백성경, 서정미, 손지형, 손홍이, 송주영, 송진설, 신관식, 신호영, 양지은, 예근호, 오세웅, 오정아, 왕준우, 유광형, 유석화, 유영주, 윤태원, 이문형, 이선규, 이숙희, 이승현, 이왕진, 이장욱, 이정희, 이종진, 이지희, 이현진, 이혜진, 이효정, 임재정, 전미경, 전미소, 전상미, 정대운, 정소이, 정재성, 정재윤, 정종섭, 조현철, 주영광, 진서윤, 진주하, 최용현, 편국자, 한동훈, 한민철, 한순열, 황미영

* 지구를 위해 친환경재생지를 사용합니다.

오늘이
마지막입니다

초판 1쇄   2022년 12월 15일
지 은 이   김종현
펴 낸 곳   하모니북

출판등록   2018년 5월 2일 제 2018-0000-68호
이 메 일   harmony.book1@gmail.com
전화번호   02-2671-5663
팩   스   02-2671-5662

979-11-6747-067-6 03810
© 김종현, 2022, Printed in Korea

값 15,000원

이 도서의 국립중앙도서관 출판예정도서목록(CIP)은 서지정보유통지원시스템 홈페이지(http://seoji.
nl.go.kr)와 국가자료공동목록시스템(http://www.nl.go.kr/kolisnet)에서 이용하실 수 있습니다.